LOCUS

LOCUS

LOCUS

LOCUS

catch

catch your eyes ; catch your heart ; catch your mind……

catch119　愛的發聲練習
文字：許葦晴
攝影：許翔禎、長冠霖
責任編輯：韓秀玫、繆沛倫
內頁設計：彭鴻旺
法律顧問：全理法律事務所董安丹律師

出版者：大塊文化出版股份有限公司
台北市105南京東路四段25號11樓
讀者服務專線：0800-006689
TEL：(02) 87123898　FAX：(02) 87123897
郵撥帳號：18955675
戶名：大塊文化出版股份有限公司
e-mail:locus@locuspublishing.com
www.locuspublishing.com

總經銷：大和書報圖書股份有限公司
地址：台北縣五股工業區五工五路2號
TEL：(02) 89902588 (代表號)
FAX：(02) 22901658

初版一刷：2006年10月
定價：新台幣300元

ISBN　978-986-7059-35-2
Printed in Taiwan

目錄

Do

1996 summer　愛的發聲練習 _p12
1996 winter 　買蘋果記 _p36
1999 spring 　火車快飛 _p44
2000 fall 　　我們 _p60

Re

2000 spring 　體溫 _p68
2000 summer　夸父眼淚 _p82
2000 fall 　　形同遺書 _p106
2001 spring 　旋轉星星 _p116

Mi

2002 fall 　　城門雞蛋高 _p132
2002 winter 　森林大戰 _p142
2003 spring 　假惺惺 _p152
2003 fall 　　曖昧的姿態 _p164

Fa

2004 spring 　相信愛你得永生 _p182
2004 spring 　小幸福 _p190
2004 fall 　　刷牙 _p196
2005 spring 　出發 _p222

一路上，我們流了很多眼淚。

不斷受傷，不斷受傷以後的現在，

我仍然相信，

有一天，

一定會有一個對的人，出現在故事盡頭。

序　台灣智威湯遜廣告公司　策略經理　鄧婷

幸福的可能

四月午後陽光，公司露天陽台邊，我闔上了小貓初稿最後一頁，點起盒中最後一根香菸。我泛起了「幸福的可能」在腦中，我看到天邊有一個光在閃爍，那是白天的流星，即使抬頭向天空什麼都看不見，但我強烈的相信有一股光和熱在我四周圍繞。

星期五的晚上，小貓和我說明這本書的創作動機以及她想要做些什麼事時，我除了有一種時空錯置的感覺外（因為應該是我跟創意brief才對吧！），我想起一種鳩，這種鳥在飛經山谷時會順著沉降氣流往下墜落，就在你以為牠們要摔落谷底時，牠們利用谷底的上升熱氣流一躍而飛，飛得更高更遠，看著我對面的小貓嘴巴一張一闔，我默默在筆記本寫下了「每一次下墜都是向上飛翔的力量」。

我心目中的小貓就是這樣，我還記得在廣告公司共事的期間，她的每一個決定我只能用「沒搞錯吧」來形容大家眼神裡的訊息，我心中的旁白總是「年輕真好」。在這短短的兩年內，我質疑了人生的重新定位、發現自己的再發現、勇敢了再愛一次的痛快。在每個靈魂鬆動的瞬間，小貓總能在縫隙之間提醒我不要忘記原點，讓我對生命有了新感覺。在我看完了她的作品後，才知道為何小貓總讓我有像在午後雷陣雨看到彩虹的驚艷。夢想是前進的動力，但堅持才是完成夢想的決勝關鍵。小貓身上散發的堅持原來就是一次次的墜落凝結出對生命的體認與勇敢。

我才知道小貓不是「沒搞錯吧!」或是「午輕真好」,而是信仰——信仰自己的相信,信仰自己,信仰在颱風眼中的晴空萬里,信仰每一個幸福都有發生的可能。

我沒有說明太多書的內容或是用陳腔濫調告訴大家,這本書感動多少人的淚水或是這本書又有文字又有音樂多麼物超所值,或是天上又一顆文壇新星墜落人間。那些沒有痛痛傷過,在放棄自己邊緣遊走過的人通通站到一邊,這書裡的枝微末節你無法體驗。只有哭花了雙眼但眼神還有一絲微笑,用全身的力氣扛起靈魂重量的人才懂得在不斷墜落的過程擁有強壯的翅膀。

相信,我相信世界不會因為我們而改變,但我相信我們可以改變世界,只要努力一點點,世界就會美好一點點,一點點、一點點,世界就會開始不一樣。

小貓,是吧!我們相信。我們會看到白天的流星,半夜的彩虹,因為我們相信。

親愛的小貓：

在還沒開始閱讀《愛的發聲練習》前，我腦子真的閃過一個強烈的疑問——一個二十幾歲的女生，到底要如何教會我們「愛」？「愛」真不是件容易的事，愛是所有慾望流轉、人性幽微轉折的答案。看完之後，對於妳所謂的愛，我一整夜無法闔眼，我是真的真的了然於心。

小貓，人生本來其實沒什麼的，用上帝冷淡的俯角來看，人類只是必需經歷生老病死的庸碌生命體，因為恐懼，人類才不逾矩，因為懶惰，人類只能守成規。有很久了，我幾乎忘了上帝賜予人類改變自身小宇宙的力量，在愛的面前，我們就該勇敢又壯烈，就像妳筆下的人物。（雖然我相信這根本是本自傳式的小說，哈！）對於人生的不幸，書裡的小貓，顯然是知之甚詳的。因為心裡的那塊巨大缺口，小貓有機會觸及人類心底底層的恐懼與黑暗，也因為其實一無所有，才能無所懼的徹底擺脫物質現實對人類的箝制，在書裡我們看到一個自由、一個單純到只需索愛的靈魂，沒有恐懼、沒有權衡輕重，只有勇往直前。但，愛畢竟不是件容易的事，僅管我們純潔專注全力以赴，都註定要遍體鱗傷。書裡的小貓帶著我們衝撞、帶著我們下墜、帶著我們狂喜、帶著我們耽溺、帶著我們目眩神迷瀕臨瘋狂，最終的救贖，與其說來自一個小生命的誕生不如說來自之前的下墜衝撞所蓄積的強大向上能量。

小貓，關於書裡的音樂、攝影，我的確驚訝於它們被完整的與文字融合，不同的表

現形式，卻像共同成就一部電影。是的，一本小説，卻立體得像部電影，拼湊出整個故事的強烈氛圍。故事開始的時候妳濃重的鼻音恰如其分的詮釋那些曾經濃稠得化不開的千頭萬緒。到了故事的最後，聲音竟也奇妙的雲淡風輕起來。小貓，我一直覺得妳該也是個歌手，妳的歌聲有種直指人心的穿透力，這個世界需要多一點柔軟和深刻的感動。

小貓，與你認識得晚，沒能來得及在當年給妳一個擁抱一點溫暖（雖然救贖從來都是自己的人生功課），我心疼那個曾經把自己渺小成一塊牆的小貓，但看著妳現在大聲的笑、自由的哭、有著簡單的幸福與滿足，我竟有點想哭的衝動。

原米愛的目的地是一片晴空朗朗、是真的能讓人隨心所欲不逾矩。

Do_ 恆溫故事

他曾經問我，關於長大後的夢想。

「我想要有一個家……至於家人，我還在募集中。」

他看著我，態度突然變得很認真；那時候起，我找到了我的1號家人。

如果 你穿一件褪色褲在街上跳舞
我還會愛你嗎？
我還會愛你。

愛的發聲練習 01

1996 summer.阿良

我曾經是個彆扭的小孩。

國小的時候,有個老師總在課堂上暢談政治,我趴在桌上不想聽,就被啪啪啪摑
了好幾巴掌。後來每次上她的課,我都睜大眼睛瞪著她,像要把她吃掉那樣,然
後用外套包住自己,手指在外套裡自慰。

這樣的小孩,到了高中還是很彆扭。

當時我喜歡上學姊的男友,每天為他寫歌,為他以淚洗面,還在升旗時哭到昏倒。
不過,在他向我告白那一天,我卻把人家甩了。

喜歡或討厭一個人的時候,究竟該怎麼做呢?我一直沒辦法好好分清楚。

直到遇見阿良。
阿良是吉他社的學長,酷酷的,話不多。那天我又失戀了,頂著一雙紅腫的眼睛去
社團練習。他酷酷地經過我,酷酷地彈著吉他。
「女孩,為什麼哭泣?難道心中,藏著不如意……」

我聽了哭得更大聲,追上屋頂去,搶過他的吉他。

「我失戀了,你不安慰我嗎?」

「妳不需要安慰。」

「誰說的，我現在很亂，不知道該怎麼辦。」

「妳想聽的答案，妳早就知道了；妳不想聽的答案，我說了妳也聽不到。妳根本不愛他啊。愛一個人才不會哭，愛一個人，應該是一直付出、一直付出、一直付出才對。」

我呆住了，這是我認識他以來，聽他說過最長的一句話。

後來有一次，我在社辦練爵士鼓，練得渾身汗流浹背，突然感覺到一陣微風吹來；我走去桌邊喝水、我走去和學妹聊天……那風始終跟著我沒有離開。一回頭，才發現阿良正若無其事坐在電風扇旁，偷偷調整風向。這算付出嗎？這算告白嗎？他在喜歡我嗎？我也不知道。

我不知道，因為他從沒開口承認過。對我而言，愛情應該像煙火一樣，會爆炸，會燙人；但阿良不是，他是一朵蠟燭，永遠安靜，永遠溫柔。

只有那麼一次，很接近告白，那次他陪我去搭車，我們走了十幾分鐘的路，走著走著，他突然盯著我瞧，盯到我的側臉都要燒起來了，他才開口：「欸，妳的頭，好像小丸子。」

我的頭真的很像小丸子嗎？像不像小丸子干他什麼事呢？這麼長的一段路，他的腦海裡只裝著小丸子？我實在按捺不住了。「你是不是想要跟我在一起？」迸出這句話後，我的臉比剛才更燙。他沉默了半晌，似乎很認真在思考什麼事。

「……但妳想嗎？」

我想和他在一起，卻無法真正和他在一起。也許我只是想追求遠在天邊的星星而已，一旦星星真的殞落到我的手中，就會變成平淡無奇的廢石。

「我、我也不知道。」

「等妳知道了，再告訴我。」

他沒有逼我，就像一座獨自旋轉的星球，不因為自己的愛與不愛，要求誰來陪他公轉。他讓我害怕，因為我太習慣對抗、太習慣反叛了，很多事情，我不需要思考，只要照著別人「不要」我去的方向去就可以。因此當他敞開雙手、卸下引力，讓我自己為自己做決定的時候，我反而變得不知所措。

我愛他嗎？怎樣才算愛呢？

「愛一個人，應該是一直付出、一直付出、一直付出才對⋯⋯」

我想我還不行，因為我根本不認為，自己懂得付出。

1996 summer.阿良

來談談我的家庭。

我有十幾個家，橫跨兩岸三地。因為父母離婚、工作繁忙的關係，名義上負責照顧我的人很多。外婆家在台北、奶奶家在金門，爸爸家在上海……，但我就像「三個和尚沒水喝」故事裡那桶沒人要的水。大家都承諾過要把妳扛起來，到最後，妳卻發現自己在陽光下曬乾。

那時候，如果有同學向我要電話，我就會列出一張密密麻麻的電話清單。

「阿姨家找不到我的話，就打外婆家；外婆家找不到我的話，就打外婆鄰居家；外婆鄰居家找不到我的話，可以打叔叔家試試看；叔叔家找不到我的話，就在……」我的書包總是又大又重，裡面裝滿各科的課本，以及基本換洗衣物，我不知道今天放學，誰會出現在門口接我。其實我的家，就在書包裡，走到哪裡，住到哪裡。

這樣的情形到了高中開始改變。

16歲那年，我正式搬進媽媽的家。搬進去那天，繼父和媽媽站在門口列隊歡迎，媽媽就像一條超級麻花捲，緊緊緊緊地抱住我，似乎想把從小到大沒能給的擁抱，一次給完。

然後，我在繼父身邊，看見另外一個和我一樣背著行李的陌生女生。

「她是誰？」
「這個人，是妳妹妹啊。」

原來我還有一個同父同母的妹妹，和我分別流落在不同地方，被不同的人照顧著。

就這樣，一夕之間我從愛的貧民，變成愛的暴發戶，擁有一個可愛的家，整潔美滿又安康。

我們住在深深的山裡，附近沒有便利商店，沒有公車站牌，鄰居除了原住民就是白鷺鷥。每天凌晨五點左右出門，開車到台北差不多七點；下課後自己搭公車、轉車，然後全家在某個地方集合，由繼父一起載回家。

無論路途怎麼遙遠，我都盡量保持在六點半前抵達集合點。有一次因為公車誤點，晚了半個小時才到，繼父的車已經開走了。我只好自己穿過橋，穿過墓地，穿過山洞，穿過竹林，走了快一個小時的山路……但還沒到家門口，遠遠就看見一堆警車，原來是媽媽報警了！

「這麼晚！妳去哪了？」她梨花帶淚地衝上來，邊扯我的書包邊哭。

「公車誤點。」

「公車誤點妳不會打電話嗎？」

「車上沒電話。」那還是個扣機的時代呢，而我連個扣機也沒有。

「至少下車以後，可以跟別人家借啊！」

「下車以後,明明只有經過死人的家,和松鼠的家而已啊。」

「我看她是下課跑去玩啦!」繼父在旁邊幫腔,讓場面更加火爆。

「我才沒有。」我急忙辯解。

「居然像野孩子一樣頂撞父母,都怪妳,小時候不把她帶在身邊教。」繼父不想和我正面衝突,卻把苗頭指向母親,言下之意仍然是在怪我。

當天晚上,媽媽氣得連晚餐都不給我吃,誰希罕呀,我也把自己鎖在房裡,不肯出來。倒是妹妹,躡手躡腳地從門縫傳了張紙條進來。

我也討厭他。他偷看我洗澡,我關窗還被罵。
現在他把窗拆了,跟媽說這樣通風。

半個小時後,妹妹又來敲門。
「姊,我啦,幫妳煮了晚餐。」

這是第一次,我和繼父結下樑子;也是第一次,我和妹妹,建立起革命般的同志情感。

這天放學，阿良在校門口堵我。

他把吉他橫跨在警衛室的小通道，就像放下柵欄那樣。我只得停下腳步。

「嗨！好久不見。」阿良雙手環胸，輕鬆自若地說，「妳很久沒來吉他社上課了喔。」最近家裡發生那麼多事，我早把阿良忘得一乾二淨；但他突然出現，那些令人臉紅心跳的片段又瞬間回來。

「是不是……在躲我……」阿良皺起眉頭。

「才不是呢。」我趕緊澄清。

「那為什麼？」他將眉挑高，濃濃的眉毛就像兩沱磁沙，隨著引力不斷靈活地變換位置。

「因為不早點回去，天就黑了；天黑的話，回家要經過墳墓。」

「天不黑的話，難道就不用經過墳墓嗎？」

「⋯⋯天不黑的話，墳墓還在睡覺，還沒起床。」我不想解釋繼父的事給他聽。

「這樣啊⋯⋯」阿良煞有介事地點著頭，「不如，我來陪妳回家好了。」

「陪我回家？」怎麼可能！

「對啊，但妳得答應，不能再缺社團的課才行。」

這交易太誘人了，因為即使我準時下課，也很難配合全家的時間，往往是繼父先載大家回去，再特別開車出來等我。單獨坐他的車，有種難以言喻的壓迫感。有幾次，他沒看我，我卻能感覺那雙眼睛正詭異地窺視。三五不時，他會藉故拿東西，將手繞過我的大腿，胸膛貼過來，然後在我耳旁輕輕吹氣⋯⋯我把這個狀況偷偷告訴媽媽，沒想到媽媽卻當場找了繼父來對質，繼父哪裡會承認呢，他好生氣，說我在編故事。也許他們說對了，這一切都是我在幻想，繼父沒有惡意，我一定是瘋了，他不過要拿個東西而已，但我就是無法忍受、無法忍受！如果阿良願意陪我走回家，這些折磨就會消失了。於是我答應了阿良，明知這麼做是在欠他，但沒辦法，我快溺死了，需要浮木，即使多抓一秒也好。

就這樣，日復一日，阿良沒有食言。

下課後我會先去社團練吉他，等他教完每個學弟妹，我們再一起搭公車、轉車、穿過橋、穿過墓地、穿過山洞、穿過竹林，走長長的路回家。我家和他家，一個在南一個在北，所以每天每天，他得花四個小時在陪我放學的來回路程上。

這樣的光景維持了好幾個月，一開始我騙媽媽說老師要我們留下來唸書，所以會晚點到家。

「要叫爸爸在橋頭等妳嗎？」

「不用啦，那麼晚，我自己走就好，爸爸可以陪媽媽看電視。」

直到某天，我一如往常的回到家，打開門，卻看見媽媽拿著藤條站在門口等我。「剛剛那個男生是誰？」媽媽的臉漲紅，全身在發抖，一副火山即將爆發的樣子。

「哪個男生？」我還在裝傻。阿良只到巷口，應該不會被發現才對啊。

「我明明就有看到他！」

這次換成繼父插嘴了。原來，原來是繼父告的密啊。

「我輕輕碰妳一下，妳就哇哇亂叫；那野男人把妳全身都摸遍了，我看妳也沒叫半聲。」

「你不要亂講，阿良跟我只是朋友。」

我又急又氣，不敢相信繼父竟然説得出這種話。

「叫做阿良是嗎？好！我明天就找黑道砍斷他的狗腿！」

繼父粗聲粗氣地吆喝著。他怎麼對我沒關係，但阿良是好人，我不能容忍他去傷害阿良。忽然之間，一股血氣上來，我失去理智，衝上去大口咬住繼父的手臂，一邊咬、一邊反胃；一邊反胃、一邊咬……「放開！快放開！」繼父被我突如其來的動作嚇到了，他一把搶過媽媽手中的藤條，在我身上亂揮。然而，無論藤條怎麼打，我都不放開。只要一想到，阿良腿斷掉的樣子，我就什麼都不顧了。藤條的刺似乎嵌進肉裡去，我可以清楚的感覺到那刺的深度，但不痛，一點痛覺也沒有。

接著，眼前一片黑，然後我就什麼都不知道了。

再醒來的時候，我躺在房間的床上，傷口很疼，稍微動一下，背就要裂開似的。房裡只剩下妹妹在旁邊，她安靜地與我對望，用眼神交換那些説不出口的話。「姊，妳好勇敢。」妹妹低聲説。我的眼淚再也克制不住地溢出眼眶。

這時候媽媽進來了。

「我要妳去道歉。」她說。

「不、可、能！」我並沒有做錯，為什麼要道歉？

「如果不，」她深吸一口氣，毅然決然的表情。「我們會考慮把妳送走。」

送走是嗎？那有什麼關係，反正從小到大，被送來送去這種事，我早習慣了。我把眼淚擦乾，惡狠狠地瞪著她，不能想像，眼前這個人，就是把我生下來的媽媽。「在妳道歉之前，我們不會再開車載妳，我也不會再給妳任何飯錢。」媽媽看我一點悔改的意思都沒有，於是把話說絕了。「至於送走，還要看看有沒有親戚願意收留妳。」

隔天早上，他們真的就這麼出門了，沒有我的早餐，也沒有我的車錢。

幸好妹妹事先把她的午餐錢偷偷塞給我，所以我還可以一拐一拐的、走一個多小時的山路，搭公車去學校上課。

除了遲到，那天和往常並沒有什麼不同。

午餐時間到了,我兜著二十塊錢去逛福利社,二十塊到底可以撐多久呢?正當我愁眉苦惱的時候,突然發現一張告示牌:

誠徵三明治工讀生　月薪3000,供早午餐
工作時間　6:30-8:30、12:00-13:30

這簡直就是天上掉下來的禮物!我當場應徵,當場錄取。所以那一天,我不但賺了兩個免費的三明治、一杯奶茶,還把多的三明治轉賣給班上同學,這下子,連公車費都湊足了。後來呢,後來我還是沒有跟繼父道歉。

一開始,兩邊都刻意不提,維持冷戰狀態;漸漸地,大家也真的淡忘爭吵的原因了,只是習慣性的冷漠相向。總之,在那一年秋天,我找到了穩定的三明治工作,經濟比較獨立了;也找到了一個,會天天陪我散步回家的好友阿良。

冬天來臨之前,社團辦了一次出遊。

由於我是活動組的,事前負責設計活動,當天還得下海當活道具。社長阿妃熱切地抓著我說,「學妹,妳非來不可!不來我會哭喔!」於是,明知媽媽並不喜歡我們週末亂跑,我還是硬著頭皮答應了。

週六晚上,我鼓足勇氣,跟媽媽提起這件事。

「不行!」媽媽斬釘截鐵地拒絕了。

「為什麼不行?」我才不死心。

「妳就只知道玩!成天抱著吉他跟男生廝混,也不學學妳表姊,人家是辯論社的,上禮拜才出國比賽呢,進這種社團才有前途嘛。」

「那種社團,明明只會耍耍嘴皮出國shopping,哪來的前途啊?我們吉他社活動組才有前途,這次活動我有參與企劃,明天就是要去執行出來,檢查看看自己企劃得周不周密。」

「妳這小孩,既然這麼愛耍嘴皮,媽媽認為妳應該去參加辯論社。」

「我已經會耍嘴皮了,幹嘛還要進辯論社?」

我們爭執到後來，一點結論也沒有，因為已經完全偏離主題了。

隔天早晨，我四點多就起床打包準備出門。

「妳要去哪？」背後，媽媽的聲音冷冷傳來。

「去大湖公園啊。」我理所當然地回答。既然昨天沒結論，我就打算照著自己
的結論。

「我看是要去阿良約會啦！」我的天哪，繼父又來攪局了。

「阿良是吉他社的畢業學長，本來就會去，但這跟阿良有什麼關係呢？」我沒好氣
地說。

繼父沒有理我，自顧自地拿起電話，開始撥號。

「喂，請問是阿良的爸爸嗎？」他哪來阿良家的電話？

「你兒子一天到晚勾引我女兒，這一次實在過分了，還想帶我女兒私奔！我警告你，管
好你兒子，不然我們可以告你！」說完，便不留餘地切斷電話「你在說什麼東西啊！」
我幾乎是用尖叫的，把話吼完。媽媽似乎很怕我們又像上次一樣打起來，用力拉住我。
「妳對爸爸這種態度，對嗎？我們來問問妳社長，這樣對嗎？」說完，竟然又開始撥電
話。「喂！請問是林宜妃嗎？我女兒……」

我的天哪！怎麼會有這麼丟臉的父母！我一邊尖叫一邊衝上去搶電話，現場一團亂，我已經無法思考了，好不容易，我才把電話搶過來。

「妃學姊，對不起……」話筒彼端傳來學姊濃濃的鼻音，她的口氣相當不耐煩。「現在是凌晨幾點妳知道嗎？你們這樣真的很無聊。」

和昨天的興奮熱切完全不同。我傻了。

沒錯，這是我私人的問題，影響到別人，真的不對。但我以為妃學姊不一樣，我以為，再多的不快樂，都可以在朋友那裡找到出口，妃學姊也許會去向媽媽解釋，出遊不像媽媽以為的那樣？但，我錯了，這個世界上，沒有人有義務要去承擔我的問題，沒有。

「嘟……嘟……嘟……」學姊已經把電話切掉了。我還握著話筒，手指感覺涼涼的，原來是眼淚。

然後我不叫了。安安靜靜放下電話，安安靜靜走進廚房，拿起桌上的剪刀對準手腕用力一剪！白白的手腕瞬間冒出一道紅紅的血痕。我背起包包，右手高舉剪刀，左手高舉手腕，「誰敢過來，試試看！」

就這樣，我順利走出了家門。

但是接下來呢？我也不知道。

經他們一鬧，我根本不知道自己還有哪裡可以去；就算去了，也不知道要怎麼面對阿良跟妃學姊。經過墳墓的時候，我想，乾脆在墳墓旁邊挖個地洞，從此當山頂洞人好了。經過竹林的時候，我又想，還是用我的剪刀去殺一隻熊貓，把熊貓皮披在身上，每天吃竹子維生也不錯……總之我滿腦怪力亂神，走到橋頭的時候，竟然看見阿良。

「上車。」阿良一副剛睡醒的樣子，皮帶還是歪的。

「早啊。」不對，不是只有阿良，其他的學長也來了，他們一行人擠在一台小小的破車裡，車裡充滿快樂的重金屬搖滾樂。「說真的，認識阿良這麼久，第一次看見他扣機別人『119』。」

「對啊，害我們在北投溫泉泡到一半，內褲沒穿就殺過來了。」

「學妹，妳很神喔！」

「欸，閉嘴。」我看向阿良，他的臉紅得像辣椒醬一樣。

於是，我也把頭埋得低低的，一路都不敢開口說話。後來，我們順利到了大湖公園，活動也順利地結束了。大家嚷著要去慶功，我卻沒心情。阿良把我拉到一旁。「接下來妳想去哪裡？」我聳聳肩，一片空白。

「還是，我帶妳去看紫色的夕陽？」

「紫色的夕陽？」

「走。」

我們就這麼脫隊了。

阿良和我慢慢搭著公車,晃到大安森林公園。一路上,我們有一搭沒一搭地閒聊著,一個抽菸老伯從我們面前經過,阿良知道我討厭菸臭,還刻意幫我擋了一下。我盯著他,不能理解,為什麼他要對我這麼好?

然後,他突然問我,關於長大後的夢想。

「我想要那個。」我指著路旁一棟公寓,窗裡隱隱透著微弱的燈光。

「妳想要買房子嗎?」

「不是……我是想要窗戶裡頭,他們的小小幸福。」阿良的腳步微頓一下,我知道他聽懂了。「我想要有一個家……至於家人,我還在募集中。」我又說。

打從出生開始,我的人生就是負分的,我努力,不是為了飛黃騰達,我多麼想要,跟所有人一樣,擁有簡單平凡的小幸福。阿良看著我,態度突然變得很認真;那個瞬間,我覺得他就是我的1號家人。

我們躺在斜斜的草坡上,等待金色的夕陽西沉。在夕陽完全墜落之前,與灰灰的都市短暫交錯而過,然後,天空真的變成紫色的!漸漸的,黑夜降臨了,人聲愈來愈來稀疏,四周也愈來愈冷。

「妳要不要回家?」他突然問。

「你可以遺棄我,把我丟在這裡;但你不能背棄我,要我回家。」我倔強地說。他想了一下,要我陪他去打電話。那天晚上,我們找到了願意收留我們一晚的瓜瓜學姊。

瓜瓜和阿良同屆,也是附中吉他社畢業的。她就讀藝術大學音樂系,宿舍只有小小一間,只容得下一張床、跟一台鋼琴。

「我要睡床。」瓜瓜事先聲明。「所以你們兩個只能睡在鋼琴裡了。」

「睡在鋼琴裡?」我有沒有聽錯?

「放心,很牢固。之前我媽來查房,我男朋友就是躲在裡面,睡到打呼都沒被發現。」問題我們又不是要躲討債公司。

不過既來之則安之,這麼晚,也沒有別的地方可以住了。

鋼琴裡好安靜，我和阿良尷尬地擠在這一方小小空間，只聽見彼此的呼吸。我們的呼吸，逐漸交疊成一段不規則的旋律，那是一段，我一輩子都無法忘懷的美好旋律。

阿良將琴鍵分成兩塊，我的好大一塊，他的卻只有一點點。

「從低音Do，到最高音，這邊給妳；我睡最低音的地方，這樣好嗎？」

他的聲音很溫柔，但是，我討厭溫柔，我不需要別人對我溫柔。

我盯著他，盯了很久很久，然後嘆一口氣，坐起身。我自己解開制服的釦子，第一顆、第二顆、第三顆……一直到他發現了，笨拙地靠過來，我解第四顆、他扣第一顆；我解第五顆，他扣第二顆……

「為什麼不要我？」男生對女生好，不就是為了在女生身上得到東西嗎？

「因為我愛妳。」
他的呼吸很急促，眼神很壓抑，手指在發抖，不過還是把釦子都扣好了。

「如果，我是路邊隨便的一片葉子，你也愛嗎？」

「愛。」

「如果，我是一顆爛掉的蘋果，你也愛嗎？」

「愛。」

「為什麼？」愛一定有原因，我不相信，愛是天生的。

「沒有為什麼。」

「如果愛我，明天和我去公證結婚你敢嗎？」

「我敢，但是我不會這麼做，因為妳還沒想清楚，我這樣是乘人之危。」

然後我想起他說過的，愛一個人，應該是一直付出、一直付出、一直付出才對。我靠過去，想親他的嘴，卻撞到他的牙齒。他把胸膛讓出來借我靠，我們笨笨地互相擁抱，一起分享中音Do的位置，直到天亮。

買蘋果記

今天吃上去買蘋果 蘋果說它不想愛我
還連讓我喜邊的諧道聞起來不錯
謠了秘嬉別遁口風 露露瞇睬蘋果偷偷說
我已經膚打
但我還是想買蘋果 它就假始成橘子逃走
任憑我在後面追得氣喘如牛

我只是想買蘋果 我只是想買蘋果
我只是想買蘋果 啦啦啦
我只是想買蘋果 除此而外不想太多
我只是想買蘋果
跟別的水果一點關係也沒有

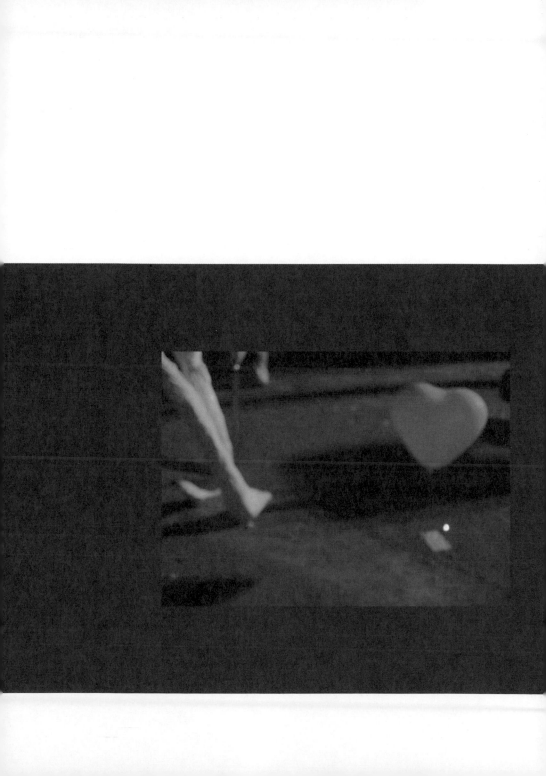

1996 winter -1998 summer. 阿良

結果，我還是決定回家了。

四處借住幾天之後，我們已經口袋空空。這天放學，我硬著頭皮要阿良像往常那樣陪我回家，好不容易到家門口，卻發現大門怎麼也打不開。怎麼可能？！我抬頭確認一下，是我家沒錯，但不管怎麼試，鑰匙始終插不進孔裡。隱隱約約，我聽見家中傳來電視機的聲音，的確是有人在家，這點一但確定了，我便肆無忌憚地按破門鈴，直到，終於有人來應門。

「喂……」對講機中傳來妹妹的聲音。

「是我。門好像壞了。」

「沒壞，是換了。」妹妹怯怯地說。

「那幫我開門。」

「可是……媽媽說，妳得先跟爸爸道歉。」

「什麼？」我簡直不敢相信自己的耳朵！這幾天阿良一直勸我回家，他說媽媽一定很擔心；不過，看來阿良錯了，這是媽媽的家，不是我的，如果我要住在他們的屋簷下，就必須向他們低頭。但我會嗎？不，我寧願去向公園的椅子低頭。

「……還是要晚一點，等他們睡了……」妹妹壓低音量。

「好，等他們睡了，妳幫我開門。」

當天晚上，我把我的衣服書本都打包帶走，而且沒有再回去過。

隔天，我跑去信了基督教。

在我們學校附近，有一群狂熱的傳教徒，為了住進他們的「姊妹之家」，我受了洗，每天跟著他們在飯前禱告、在睡前唱聖歌，感謝上帝，至少祂給了我一個，不必低頭的屋簷。

在這之後，除了在學校福利社打工，我還兼職做7-11的大夜班，以維持基本生活開銷。

某天午休，教我們國文的大熊老師來福利社買午餐，看見我蹲在那裡K書。

説起那個大熊老師，他的脾氣溫和，個性相當可愛。如果你在他的課堂上打瞌睡，他不但不會生氣，還會送你一罐維他命B群，要你補充體力多多保重。

「這麼認真啊？三明治會被我偷光光噢。」大熊老師一臉笑咪咪。

「要期中考了嘛，再不K一下，我怕把老師的臉丟光光啊。」我學著他的口吻。

「嗯……期中考……老闆這麼殘忍，都不給休假的啊？」

「是我自己要上班的啦。」我搔搔頭，也笑咪咪回答。

我當然不會告訴他，在這裡打工，至少還有免費的午餐可以吃呢。

怎知，當天晚上，在我打工的7-11，居然又被大熊老師遇到。

「全台北市的店都被妳包了嗎？」大熊老師一臉驚訝。

「沒辦法，我是搶錢一族啊。」聽老師講話，真的好好笑。

「怎麼會這麼缺錢？」不過，大熊老師的表情開始不太好玩了。

唉，該怎麼跟老師解釋這種亂七八糟的情況呢，就算解釋了，恐怕也不會比較好吧。這時，窗外正好有人在停放機車，我隨口就說，「因為我要存錢買機車啊。」敷衍一下。

事情還沒結束，因為後來上國文課的時候，大熊老師將作文簿發還給大家，我卻在我的作文簿裡，看見一只信封袋，上面寫著，「空靈最怕遇上現實，千萬別被現實打垮，加油！」

信封裡，是厚厚一疊兩萬塊錢！

這怎麼可以呢，我一下課就急著把錢還給老師，但是老師並不接受。

「妳也知道，我最愛面子了。送束西給女生，如果被退回來，會很丟臉。」老師還在說笑。「但是……老師……其實……我不是……」我很想向老師解釋，其實我沒有要買車，那是騙他的。但是，我又怕愈描愈黑，以老師的個性，搞不好他會說，以後的生活費我都包了之類的話。「老師……我會還你的。」最後我還是沒有說出實話。

靜靜走出大熊老師的辦公室之後，我將信封緊緊捏在手中，捏得整隻手都在發燙。我馬上打電話給阿良，把錢交給他保管。因為我真的不知道，該怎麼處理這麼大一筆錢。後來，那筆錢成了我下學期、下下學期、下下下學期的學費。大熊老師大概想都沒想到吧，他的兩萬塊，使我得以從高中順利畢業，進入大學。

1999 spring -2000 summer.阿良

「有一天，妳和阿良一定會分手。」當妃學姊這麼說的時候，我氣極了。

「才不會呢！」我說。

在阿良以前，我不相信愛；在阿良之後，我也同樣不會相信。

所以，阿良不可以離開我。如果離開了，我不知道自己還能信仰什麼。

「可是我媽說，不管兩個人再怎麼相愛，死了以後也會分開。」

妃學姊拿出一貫道的小冊子，開始跟我解釋一貫道的理念，好像是有關於：有一天世界會崩毀之類的。「我跟阿良死也不要分開！」我開始哭得像個笨蛋，把本來只想傳道而已的妃學姊嚇傻了。

「妳真的這麼相信他？」

「我相信，就算全世界都垮了，我也相信。」

17歲說過的話，言猶在耳。

或許就因為這樣，當19歲和阿良分開的那一天，我的世界真的崩塌了。

那時候我念大一，我們在學校旁邊共租了一間小小的宿舍，每天過著苦哈哈、但幸福快樂的日子。有一天，他突然收到兵單、突然必須從我的生活中消失、突然，全世界只剩下我和空氣，然後什麼都垮了。

妃學姊說對了，我和阿良終究要分開。

這種分開很不得已，沒有誰辜負誰，卻足以把相愛的人們撕成兩半。

撕痕不再癒合，而是各自發展，我煩惱學費和寂寞、他煩惱站哨和出操。我們像兩條分岔的神經，一條通往腦、一條通往腳，再也都不是原來的自己。

03.
火車快飛

那一天

那一了擁抱
那一句再見

我和我自己

從此分成兩了世界

再也　　　回不去了

【1999年1月5日】

差十二分鐘十二點,不知道算不算解脫?整整一天,我和三坪大,四面牆的空間共處,憂傷好難蒸發。桌前小說沒有換頁,門口鞋沒有人穿,而我沒有開窗。房內空氣愈來愈單薄、愈來愈沉默,隔壁街上刺耳的人來人往幾乎貫穿我的耳膜。看來,今天阿良一樣不會打電話來了。少掉他一天一句精力充沛的問候,好不習慣。

【1999年3月28日】

現在學校最流行的一句話就是,「你支持誰當總統?」被問到這樣的話我總是無所適從,原來我早失去對一般事物的熱衷。不小心停下腳步才發現腳步是可以停下的,只是,缺少忙碌的填補,生活空空洞洞,地表太接近雲端,我腫著變形的身軀飛翔,差點跌倒。寂寞這害蟲,真想一腳踩扁它。

【1999年7月13日】

吉他社成果展剛結束。踉蹌走在無底長街,恍惚極了。看得到家門,找不到鑰匙,回不了家。突然好羨慕蝸牛,牠的家,一直都在背上。如果阿良在就好了,他知道我迷糊,總幫我備分一把鑰匙的。

此刻我蹲在路邊等天亮,傻傻地笑。為什麼總愛笑呢?難過的時候也笑。呼了長長長長的一口氣,幾乎要飛騰起來,原來我是這樣的空洞呀,當一切華麗在幾分鐘之內實現了,生命突然變成一種虛無。

想起好多個昏黃的午后,無論痛苦的罪惡的虛偽的怨恨的,都可以在阿良那裡得到救贖;而此刻,家是遙遠的,他是遙遠的,回到那間小宿舍對我而言,只是另一次元的流浪。

唉……阿良快快回來吧。

在人生最燦爛的二十年華，我祈求時光流逝，那麼，我真的不知道自己究竟要期
待什麼？

【1999年8月1日】

躺在房間地毯上，幻想自己其實漂浮於藍色星空。偶爾，會有一扇窗子閃現。上帝按下窗簾外投影機的開關，replay還是play-circle之類，然後白晝和黑夜便按照順序播放。

可是上帝那兒，真正的天色是什麼呢？我不是薛弗西斯那種乖巧認命型的。我幻想，有一天能跑出跑道，喝個豆漿或撒泡尿再回來，雖然這些動作，很可能也在上帝的佈局之中。

【1999年12月7日】

安靜的。時間在黃小禎$9.8m/sec^2$的歌聲中流淌。是流淌不是流逝，不是一直線。想起朋友跟我說過，這首歌的故事：「男孩和女孩，一起從頂樓，手牽手殉情了。」

以9.8秒重力加速度falling down的，不只身體，還有愛情，還有別人的眼光。兩點和三點鐘重疊，情緒重疊，回憶重疊。腦袋沉甸甸，我想把它擱在誰腿上。

天花板以一沱為單位旋轉，串成呼嚕嚕軟黏黏，感冒先生的敲門聲，四顆藥叫鼻水，別動！鼻子就嚇得蒼白極了，一切都靜止得很滑稽，房裡暖氣令我昏眩，我裹著被單，蜷在牆角，被自己擤鼻涕的噪音驚嚇。一邊吃著苦苦的中藥一邊捏鼻子，我如果是貓就好了，獸醫裡就沒有中藥這種東西……不過大概是因為幫大象針灸或幫長頸鹿刮痧很累的緣故。

聽音樂、想念誰、聽音樂、看時鐘、等誰出現、聽音樂、睡著、聽音樂……

我也不知道誰是誰，阿良已經不見了。

【2000年2月26日】

全然沉緬在寂寞裡，把身體扭曲成一個螺旋的形狀，緊繃心臟，近乎自虐的哭泣，愈上癮，和外界之間的壕溝就愈深，我像一個無藥可醫的鼻頭毛孔粗大症患者。

嘟嘟嘟。嘟嘟。（這時旁邊的電話突然氣哮起來，我拔掉插頭。）我討厭電話。雖然穿越人群時可以偽裝講電話而不用和別人打招呼，但它也讓我覺得自己和外界，還有一條糾葛不休的臍帶哽咽在那兒。連結我的，都不能真正懂我，如果可以，乾脆不要給我希望吧。

【2000年5月7日】

空氣靜得出奇。我瞪著那幾串撥不出去的號碼咆哮。有時真想站到屋頂上去，向著街道大吼，「這裡有個人！」我在這裡！微弱的心跳需要被聽見！然後隔街的車陣轟隆隆淹沒過來，我只能氣得跺腳。

【2000年7月5日】

我願意用一切，去換一段精采絢爛的皺紋。

我想要結結實實的哭和笑，即使像徐志摩那樣早夭也無所謂。

2000 summer.阿良

既然世界垮了,就垮得更徹底吧,讓靈魂冷冰冰地抽離出來,飛到外太空看自己的
笑話……

然後我開始援交。

更正確地說,是打算援交,卻被一個莫名其妙的男人給阻止了。這個男人是誰並
不重要,有時候我甚至會想,其實是我創造他;我在讓自己更墮落,好被拯救。

整齣荒謬的童話劇裡,唯一的觀眾是阿良,他眼睜睜地看著一切發生,卻無
能為力。

「妳的爛蘋果,現在已經千瘡百孔了。」他不說話。

「我們分手吧,求求你。」他不說話。

面對電話中我提出的分手建議,他永遠保持緘默,選擇逃避。

然後,每一次從軍隊回來,我們又得重新掙扎,重新受傷。

這天,宿舍大門毫無抵抗地被踹開,他像往常一樣,噙著委屈的淚水,和我打仗。

「妳在跟誰通話?」

「妳在跟誰上網?」

「妳在跟誰寫信?」

他清楚的呀。為什麼還要用那種眼光看我?

嗶嗶,嗶嗶,簡訊響了。

結果他打開我的手機，揪住那通來不及被刪掉，簡訊的尾巴。

「那個人，在妳的手機裡留了『我很想妳』。」

他氣嘟嘟，眼淚砲彈，咻～發射。

「我想妳更多。」你的手指頭傷透心地顫抖，在按鍵格上彆扭著，Delete。

「我知道，」知道，可是無能為力；

「……對不起。」對不起，可是無能為力。

電話鈴刺耳的響起，犁過我們之間的無言以對。

「喂？……是你呀……」是小古，我心虛的看了阿良一眼，他了然於心。

耳邊的人嘰咕嘰咕，我笑了。

眼前的人當著我的面，把眼鏡捏碎，任手掌滲出血紅的花。

「你、在、幹、嘛！」掛上電話以後，我驚跳，一字一字吐出憤怒，對他，也對自己。
除了兩倍的嘶吼，我想不出方法承受這麼紊亂的情緒。

拿衛生紙、拿碘酒、拿ＯＫ繃……

「對不起對不起……」我低低地重複同一句話，慌亂中傷口被我的淚水淹沒。「我知道是我傷害了你，但是請你不要傷害你自己。」

我好自私，無法阻止自己傷害他，卻要阻止他痛的本能、卻要阻止洶湧襲來的罪惡感。

傍晚的冷戰像一場無聲電影，也許沉默對彼此都好。

然後，他笑了。

「跟妳說一件事喔，軍中每個人都在抽菸呢。」

「……？」

「可是我沒有抽，壓力很大也不抽。」

「……？」

「我記得妳說，最討厭人家抽菸了。妳說，只要我抽菸，妳就不理我了。」

他晶亮的眼神裡泛著光，彷彿回到五年前某一個黃昏，我們手拎著手，在大安森林公園草地上，晃呀晃，素描未來。

所以，至今我仍然沒有告訴他，小古會抽菸。

我曾經完全無法信任愛情，直到阿良破除這魔咒；但我萬萬沒想到，最後失信的人，會是我自己。如果可以，我多麼希望是阿良先背叛我，那麼至少，此刻我還能指著他的鼻頭，把痛苦推給他。

於是，那年暑假我自殺了。吞了藥，躺在床上，抱著阿良的吉他。

「寶寶睡，寶寶睡……」床是岸，岸邊，我彷彿聽見，阿良在輕輕彈奏著。

前年六月，39°C的我除了午睡還是午睡，夏末昏昏沉沉，彷彿怎麼咳也咳不完。頑強的重感冒病毒拖了足足一個月才走乾淨，阿良細瑣殷勤的照顧在床畔來回，倒水餵藥說故事，讓我虛弱得好安心。隔天他還得考試，我口裡催他回家，手卻揪他的衣角揪得緊，於是他唱這首歌，唱到我睡了，才走。

叮叮咚咚，音符像頑皮的浪花從我額頭頂淋下來。

距離上一次聽見，已經多久了？那天熟睡後，我一直都沒有醒來對不對？

只是，做了一個好長好累的夢，夢見自己揹上背包旅行去，經過沙漠經過綠洲，偶爾，永恆以海市蜃樓的姿態張牙撩爪迎面襲來，躲不過的時候，我害怕的哭了。幸好，醒來發現只是個夢魘，阿良彈著吉他，還沒回家。

能夠完全將自己卸下的感覺真好，不是不懂永恆的虛偽，不是不懂。只是再也不想要懂了。我寧願，不顧一切地相信愛情不會結束，不怕，不怕，就算，有一天會鮮血淋漓。

2000 fall.阿良

當我在醫院醒來，發現自己並沒有死，那種憤怒可想而知。

我試圖拔掉點滴，結果踉踉蹌蹌跌下床。雖然洗了胃，安眠藥殘存的作用還是很強，我癱在地上起不來。

意識模糊中，我看見阿良。

阿良把我抱回床上，拿鏡子給我看。「妳認識這個人嗎？」

鏡子裡的人，蓬頭垢面、愁眉苦臉、臉色慘白……我搖搖頭，我想我不認識她。「這個人，是我最愛的人。」阿良一個字一個字地說，「但是我什麼都沒有辦法給她。」我無法開口，連張開眼睛都很吃力，只能靜靜聽他說。

「當她要去援交的時候，阻止她的不是我；當她選擇自殺的時候，能救她的也不是我；她最痛苦的時刻，我都不在她身邊。」阿良自嘲地笑了笑，「我這男友做得很差勁；也難怪，我們會分手。」他肯放手了嗎？然後我開始哭，眼淚不由自主流個不停。在這時候，妹妹剛好進來。

「我去買點喝的。」阿良勉強笑笑，深吸一口氣後，起身讓位給妹。

然後，迷迷糊糊中，我好像睡著了。「姊，我還是覺得，妳比我勇敢。」睡夢中，我聽見妹妹自顧自地在我耳邊說話。

「雖然我一點都不希望妳死掉，但是至少妳敢，敢搬出去、敢生氣、敢吞藥……那天爸爸在廁所裡，說要告訴我大人的祕密，還逼我看他的下面……我想逃走，腳卻不能動。」妹妹的聲音愈來愈遠……

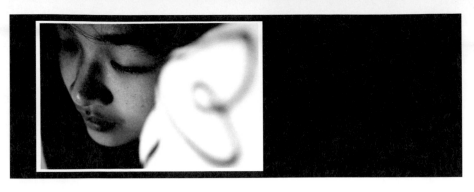

「……如果我是外星人就好了。」後來她到底説些什麼,我真的忘了。

安眠藥將我徹底關機,關在一個沒有痛苦、沒有快樂的無邊黑暗裡。

連續好幾個禮拜,我都昏昏沉沉的,上課也睡,下課也睡。

妹妹搬到宿舍來已經好一陣子了,和阿良、小古輪流照顧我。據説,當妹妹告訴媽媽她要來找我的時候,媽媽氣瘋了。「出去了就不要回來!」媽媽是這麼説的。

這是第一次,妹妹學會反抗。

漸漸地,秋天結束,冬天來了。

妹妹考上大學、阿良退伍、我們一起搬了新家……每件事似乎都有了新的契機。

有一回,我們一起去算命。

算命的説,我前世是一個詩人,風流成性,阿良則是我們家的童養媳。那時候,我無法和她在一起,因為我愛著別人,所以我向她承諾,「來生,我願意照顧妳一輩子。」為了這句承諾,她追到這一世來。

我想,如果真的有前世,我願意遵守緣起不滅定律。

我和我的1號家人、2號家人,不管穿越幾世,總算是找到了彼此。我們住的地方很小,小到睡覺要擠在一張床;我們過的日子很苦,苦到客廳沒有沙發只有一張凳子。

但,這卻是我從小到大,住過最溫暖的家。

04.
我們

我常常會想
如果有一天你消失在我身邊
那這了世界
再怎麼轉也轉不出完整的摸樣

我們的立場從不一樣
總是鍋碗瓢盆什麼都能講
就因為這樣我才不能想像
你不在的時候我會多無聊

我們不像戀人不是敵人不做朋友不做什麼
只是曾經牽了还手
說好活到八十歲的時候
你要揹著我去環遊地球
不像戀人不是敵人不做朋友不做什麼
不能歸類独一無二的感受

有彼此以後　才找到出發的点
去畫更多更远更美的圓圈
才找到那塊遺失的角落

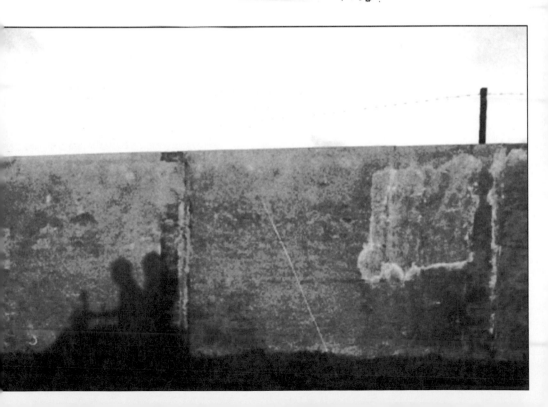

夏娃吃完禁果後，早流過的眼淚，我又何必再流一次？

那是錯誤的眼淚，讓我們用橡皮擦擦掉，重新再來

Re__ 摩擦生熱的情人

2000 spring.小古

該是初秋了吧?天空乾淨得,一絲雲也沒有。

坐在整片透明落地窗前,手心捧抱杯緣,如同捧抱夏末柔暖的陽光的臉;橘色的午后街頭,日光稀疏,淡淡地追著行人的側影。從咖啡店的窗子往外望,總覺得自己像是美術館油畫肖像,觀察這座城市的同時,也正被觀察著。

這個世界無時不刻試圖入侵我,連店裡撥放的爵士音樂也是,你看,那塊剛被吞下的重口味起士蛋糕中,就有Billie Holiday滲透的跡象,為了抗拒,我不得不在腦海裡,哼著其他的歌……

「是小貓嗎?」抬起頭,陌生男子站在我面前,像是杯子製造出來的倒影。他身上的毛衣紅紅火火地竄燒,燒得整座咖啡店既沸揚,又寂寞。

「是……是啾!」棉屑一路不乾不淨地飄,飄得滿屋子,對不起,我對毛衣過敏。我緊張地解釋。

「小古。」他在介紹自己的時候,嘴角始終不急不徐保持45度上揚。他優雅地坐定,點一杯藍山,攪拌棒經過指間,將咖啡奶糖搓揉地相當均勻,一小口一小口啜飲而盡。

「妳和網路上形容的樣子,不像。」

「哪裡不像?」

「長的像個小朋友，不像是……」然後他笑著把那句話吞進去。

接下來我們一句話再也沒說，空氣尷尬得像要裂開似的。他從口袋掏出一根菸點燃，像蒸氣火車一樣吐出菸圈。我安安靜靜盯著他頭頂三呎的地方，心裡想，他的上帝，一定每天被他的菸燻得像烤雞。

「咳……咳咳……」終於是我打破了沉默，「住在你頭頂三呎的上帝，快得肺癌了……」我邊咳邊說。

他興味十足將手邊的菸捻熄，斜眼眈著我瞧。「喔？妳相信上帝？」

「是有看過一點點聖經。」我漲紅著臉，衝口而出。

「那十二門徒當中，誰最愛媽媽？」

「……」我皺了皺眉，是呀，聖經裡面，到底誰最愛媽媽呢？

「誰最喜歡養小寵物？」

「……」

「好吧，還妳清白，妳不是個基督徒。」

經他這麼一說，我反而開始不安。我曾是基督徒，雖然是個糟糕的逃兵。

「我先做個自我介紹……」小古回到正題，他自顧自地談起職業、年齡、學歷……，我的眼睛耳朵旅行著他，從外貌到髮型到談吐，彷彿觀察一部巨大的一千零一夜。

他說的人生，好精采，可是這就是他嗎？我不確定。恍惚間想起星星的故事，星星住在很遙遠的地方，花了好幾億萬光年的時間將光芒傳達到我這，但很可能我接收到它的同時，它早殞落不存在了。

「你說的那個你，還存在嗎？」我問。

小古的眉頭微蹙，也許他以為我是個故弄玄虛的小妮子，開始談起哲學。

語言總是這樣，一半隨浥透的夜色釋放，一半在體內被擰得更乾，相斥的力量將我撕扯成不純的沉默與不純的發聲。

別怪我虛偽，實在是因為那層膜。視力不同眼睛大小不同星座不同。他是他，只看見他的看見。隔著膜，我的吶喊像一塊難以溶解的脂肪球過不去。最後，他割下自己的經驗補貼無法接收的部分，將我的話銜接上他能懂的線路，不服氣地說，「那麼妳來說個還存在的妳給我聽吧。」

「如果你問的是，一顆被擲到半空的球有多高，我的回答就永遠不正確。」故事還在發生，我該怎麼妄下定論陳述一個我呢？當推翻這一秒的下一秒來臨，我知道，自己無能為力為上一秒的我負責。

「如果我問的是，一顆被擲到半空中的球，你可以談談它的出廠地，還有沿途飛過哪些風景，這樣有助於我去認識這顆球。」他果然是愛聽故事的人，於是，我們待在各自的思維世界裡，遙遙相望，聽對方說完那一千零一夜的驚心動魄，然後重疊彼此，成為「我們」的故事。

不自覺又來這小小的咖啡館
口中哼著那首歌
偶爾夾雜寂寞的嘆嗽聲

不自覺又來到這熟悉的咖啡館
點一杯你喜愛的品
然後靜靜看咖啡冷

聽見你的聽見　喝過你的喝
甚至你說過不討厭遇
我忘吸也們　說的話我聽生
簡單記到作用可療身

聽見你的聽見　喝過你的喝
還隔那曾這熱的環境
確硬遠愛了　現在只剩
自足那紙自己點

2000 spring.小古

早上電腦開機，福爾摩斯開始忙碌的一天。看看她常去的站台，可曾留下幾片話語，看看她逛過的聊天室，聞一聞昨天晚上殘留的香味。她的名字是Keyword，AOL、Yahoo、Google、海陸空聯合搜索，即使查到的……是別人過期的報告。

連上她現在讀的學校、連上她讀過的學校，連上她唱歌的地方、連上她買書的地方，連上她轉寄的笑話的地方，連上她轉寄又轉寄的漫畫的地方。嗅・嗅・嗅～鼻子馬力全開。

見不到她的日子裡，萬能的Internet啊！請給我一點線索。

告訴我：她今天過得好不好？
__小古

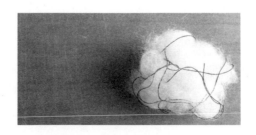

不拒絕,亦不接受。不主動,亦不被動。

所有的能量都被一分為二,自相抗衡。空氣裡任何一點風吹草動都足以將我推倒,我沉重如鉛所以輕薄如紙。這是那一夜背叛的感覺。背叛自己的價值觀,也背叛阿良。我的指甲緊扣手掌,頭髮摩擦枕頭,靈魂卻懸浮著無處攀附。那曾經信奉為真理的道德,不是城牆堡壘,而是一條輕易就被跨越的繩索。

繩索之外,一樣有天有地,但,誰來教我重新呼吸和心跳?

那一瞬間,我沒有擁抱著誰,沒有想到小古或是阿良,我被丟出體系之外,吻著自己。直到小古冰涼溫柔的腳指頭觸碰到我,我像被拉開保險栓的爆炸物,突然無法遏止地哭起來。夏娃吃完禁果後,早流過的眼淚,我又何必再流一次?但我就是哭了。哭不好,哭使我必須愛上他。

不可以喲，不可以哭喲。我的淚熨過臉頰，燙到他的嘴，他微微挪開，我旋即往前靠，別離開，那是錯誤的眼淚，讓我們用橡皮擦擦掉，重新再來。

我想知道米蘭昆德拉筆下那個薩賓娜的感覺，我想劃破楚門世界裡那張虛偽的藍天，但我不想思考，在這種時候思考，只不過是自命清高而已。所以，去他的薩賓娜和楚門，我狠狠咬住小古的上唇，想像自己是小古指間的咖啡奶精糖，融化，泛白，失去原我，墜毀在最高最高的山巔。

整夜，我在妳音符的海洋裡，翻來覆去，睡不著。
__小古

那次之後，我避不見他。他對我說這樣就夠了，可是我忽略了，當一個人對自己設限的時候，等於埋下另一顆挑戰極限的慾望炸彈。有一天我車禍，手肱骨骨折，出院後繃帶還必須多綁一個月。他來找我，我躲，我們隔著門喊話。

「裡面的人，妳已經被包圍了，趕快棄械投降。」

（沒有人沒有人在啦。）

「房東跟我告狀，說妳最近改行做獨臂俠。」

（該死的房東，沒看過男人這麼多嘴的。）

「妳知不知道自己洗澡背都沒洗到？全棟樓都快被臭死了，我是來幫妳洗澡的。」

（有求於我竟然還敢嫌我，白痴。）

「誠品出了很多新書，有沒有人要陪我買而且幫我看？」

（雖然一聽就知道是利誘，不過我確實心動了。）

「芝麻開門？」

（他是不是辭窮了？）

……然後，是整整兩分鐘的沉默。他放棄了嗎？我輕呼一口氣，覺得釋然也失落。虛榮，荷爾蒙，無重力飛翔，這些都和我一扇門之隔。門裡，僅僅單薄的良心，還願意捍衛我與阿良之間。

「……好不好，讓我們把感覺用完……」

就在這時候，我聽見門外傳來瘖啞的嗓音。

很輕很輕，話從門縫鑽過，沿著牆壁，穿透我的背脊。很輕很輕，提起我的手，打開門，彷彿又回到當時——那夜的雲沉到發紫。在誠品音樂區，我拖著獨臂和他跳舞，買了堆積如山的新書，光是捧在手上就覺得幸福。後來我告訴他，我還是愛著阿良，不會變。他也說，他還是愛著他老婆……原來他有老婆。

今天，同時也是老婆的生日。一起擬晚上的菜單，問她想吃什麼，她說：「我想要的，不在Shopping List上。」沉默……更多的沉默……

直到無法忍受這樣的沉默，我們開始做愛，儀式性的、禮貌性的，客套的像是遞一張名片。盡力的討好她的身體……直到她顫抖，我輕悄悄離開。

「你……有嗎？」她怯生生地探詢著。我點頭。全世界同時指控我說謊。

因為，想念著另一個她的我的身體，最誠實。
　　——小古

1.

發燒，不成眠的一夜。漂浮在夢境上空，囈語不斷。

古……夢見古的臉、古的聲音、古的菸味……

向左翻轉，一隻松鼠逗得我笑；向右翻轉，飛翔在台北的夜空，找不到降落點。

阿良在午夜三點進門，我想開口說話，一顆腫脹的扁桃腺頂住聲帶，給我水……忽睡忽醒直到中午，他問我「ㄍㄨˇ」是什麼？我苦笑地回答「做惡夢了……」下午看了醫生，拔掉一顆牙，一顆智齒，聽說才剛長出來沒多久……早夭的壽命。

拔牙之前，所有牙齒全體洗了一次澡，進行最後歡送。女醫生的香水味不淡不濃地飄過，乙醚般麻醉了我口內的新生命。沒有感覺，就死了。等它醒來，我已經走到基隆路上，它會哭嗎？因為一顆牙齒的安樂死，我變得極度躁鬱。抱著阿良，吹風，有一搭沒一搭地，他說著軍中故事，我哀悼我的牙。

零散的午后行軍曲，向下一個，專殺感冒病毒的醫生前進。我問他，「如果有一天我們分手了，你覺得會是什麼原因？」他生氣。像個孩子般氣嘟嘟，半聲不吭。二十歲和三十歲有差別嗎？我突然不確定起來。某一種成分，悄悄在體內甦醒。感受力無限擴大，所以我心悸、發燒、高歌、痛苦。這樣一點都不快樂，真的。

我以為我可以感受全世界，但是我感受不到阿良，為什麼？從背後摟著他有線條的腰，他也變得……像個男人。而我們，不同世界了。你總是覺得自己很成熟，用別人無法想像的速度，感受別人無法感受的生活。但我覺得你其實什麼都不懂……害怕傷害對方，其實已經是一種傷害。

突然很氣自己。

我不會去埋怨時間，因為時間是一條線，而人不是。時間或許可以記載空間，但不能主宰空間。強迫自己貼附在線上，不可能。你做到了，是因為你信仰假象。
　　__小貓

2

小時候,常常覺得自己生得太晚,沒趕上那個革命熱血紅紅火火的年代。被呵護著長大,在家中變故後,被逼著成熟……我的一輩子,在尋找著完全燃燒的機會,這是全然的自私,然而,我多麼希望有個人,可以分享我的自私?妳是對的,很多事情我不懂,對人的心,我習慣閱讀與揣摩,但是,我真的未必懂。

妳要的,只是單純的有人掛念著,疼著、寵著、愛著……而這些,我沒有把握自己能做到多少……心臟因為想著妳而絞痛的時候,妳未必知道,把妳整個人揉進我的胸膛,夠不夠溫暖妳的靈魂?把愛掛在嘴邊信誓旦旦,卻不能給妳隨時打電話,聽到我的聲音的自由?打一開始,我們就知道這是有缺陷的愛,追求純淨,只是自己折磨自己。

如果有一天我們分手,我的理由將很簡單,因為我不能給妳全部,也得不到妳的全部,而想要完全擁有的渴望,把我的心烤乾了。

我的地獄還有多久才到底?

當它迎面而來時,我希望自己已經做好粉身碎骨的準備。

妳說:愛就是愛,不通往何處。

我要說:愛就是愛,是現象,不提供解釋。

坦克的內部很脆弱,但它真正的功能是堅硬,妳看多了坦克柔軟的心,現在,也感受一下冷硬的鋼板吧……我用靈魂和光陰交換冷血,妳呢?妳的靈魂換什麼?
__小古

3

阿良哭了。

搗住耳朵，我以為自己能沒有感覺，結果眼淚排山倒海而來，誰都無力承受，所以我也哭了。他哭、因為今晚沒有吃到牛肉麵；我哭、因為遍尋不著那支自動筆；眼淚的表象沒有意義，心裡有數。

如果有一天，和你分手，我想是因為觸了現實的礁。這是唐突的愛情，缺少牛肉麵或自動筆的血色。你對你的她說話，她懵懂回答，這樣隱約的血色，才讓愛情永恆。而沒有血色的愛，只夠我們支撐一句話……我愛你。說完了。就結束。

與小古錯身……差距不在時間點，是仰仗血色而活的心態。

你渴望轟轟烈烈的革命人生嗎？我從你這樣的渴望中逃離，卻再無法安穩地入睡。說你不懂，不是因為你生在錯誤的時代，不管在哪一種時代，我們懂的，都只有自己。十年給小古一座坦克的剛硬，卻讓我學會無懼與柔軟，在人類最本質的生命線上學步，我是快樂而感恩的……我感謝我的過去，不自怨自艾，因為這樣的過去灌溉，讓我終於遇見你。不管什麼時候結束，這都是我生命當中，最美麗的停駐。
——小貓

4

妳說：沒有血色的愛情……我的心跳踏錯了拍子。

大頭兵回來，兩天不能見面，我開始明白，我出國的那幾天，對妳是怎樣不堪而沉重，於是，一切都清楚了。

知道曇花嗎？曇花只在夜裡開，陽光出現就是她枯萎的時候……因為照不到陽光，她沒有一絲血色，只剩下純白。

我愛妳，說完了，就結束……

我很高興，這輩子，曇花努力地開了一遍。
　　__小古

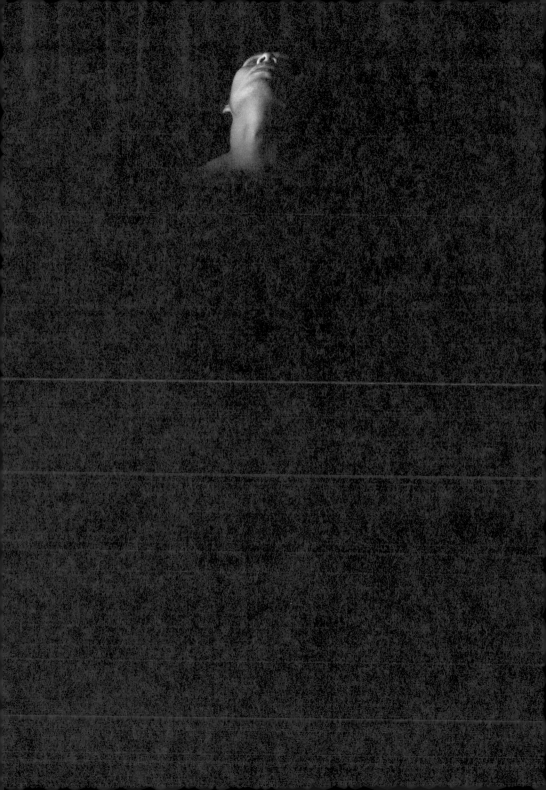

06.
李父眼淚

永遠　遠不去擦去
消逝在 swear 瞬間　消失同樣的臉
思念　等不及信箋
忘記記沒詩先　就像一時面面

長長的街　沈沈的夜　再走下去會不會
走到太陽休由　流下奢侈的淚

縱營追逐也無所謂　剎那就很完美
走到太陽休由　流下奢侈的淚

只想清醒著

只想清醒著寫你醉

不去管明天

2000 summer.小古

果汁機嘎嘎尖叫,將我安詳的早晨給震得七葷八素,從睫毛間望出去,一眼就看到,小古赤裸結實的屁股。

「你在幹嘛?」

還不算清醒,含著滿嘴糊塗的昨天,我努力銜接上日光燈的刺眼。

「奇異可樂。」

「什麼?」

「奇異果加健怡可樂,美白兼瘦身。」他用舌尖舔掉黏在指頭上的墨綠色渣渣,像舔掉昨晚乳頭上的海尼根酒精,同等程度的燥熱,我一下子全想起來。

昨晚凌晨三點,小古回頭找我,我則因為隔天還有日文考試,不得不抱著日文猛K。難過雖難過,該做的事還是要做。

在我的眼鏡還沒趴到手臂上之前,急烈的敲門聲亢奮了整棟大樓。小古背著一個大旅行袋衝進來,他激動地抱住我,眼角還噙著淚。「我要跟妳住!我要離開她!」

「你吃錯藥啦?」怎麼都掙脫不開。

唉呀死得驢～凡是跟愛情有關的，都很麻煩。他就是這樣，三十歲的年紀，三歲的任性。

「好啦！乖，我今天要唸書，明天有期末考呢。」

「可是我想要妳陪，」他在我耳邊咕噥，上千隻螞蟻傾巢而出，「不要趕我走嘛！」

「那不然，你在旁邊陪我念日文，條件是跟我保持距離三公尺。」這已經是底限了，我可不想為他壞了優等生的名譽。

然後，我看到他眼角邪惡地笑……「我可以教妳日文唷。」

然後……然後然後……我學會一堆老師到死都不會考的字眼。此刻坐在床沿，內衣褲零散一地，證明放浪過的痕跡。

「你和她還好嗎？」他想離開她是不爭的事實，但是他離得開嗎？漸漸習慣處在他倆之間的晦澀地帶，做不黑不白的第三者。

「不好，一直都不好。」那為什麼不離婚呢？

因為她需要婚約來為永恆上蠟；而他，將她的青春消磨至穿鬆之後，能留給她的也只剩這一紙遺書了。

「我知道，可是也沒有別的辦法呀！對不對？」

我希望他說不對，我希望他脫下結婚戒指，和我私奔到非洲去，我希望過，也失望過，最後選擇待在原地，不再快樂或悲傷，只是默默地愛著這個，隨時會從我生命裡出走的人。

「對，⋯⋯但是如果有一天，我真的跟她離婚，妳會不會答應嫁給我？」

這算求婚嗎？為了這可能的一天，我即便耗盡燦爛光華也無謂？可是等到這一天來臨，只怕我申領到的，不過又是另一份遺書。

「我考慮。」再補一個強而有力的笑容，對於他，我不能讓情緒太直接。經過昨晚一夜的折騰，我什麼都明白了。捨不得放手的人是我，我必須自己承受痛苦。

啪！

果汁機的叫聲突然像橡皮筋那樣斷開，我發現自己，手上握著那杯奇異可樂，站在孤零零的房間，一個人盯著凌亂的床單發呆。

如果可以，為我的手機裝上嘴巴，作為牠失蹤時通風報信的貓鈴鐺；為我的手機
裝上濾淨器，擋掉舊情人的死纏爛打也擋掉我的過去；或者讓手機消失，褫奪小
古隨性自由來去的權利。然而，還來不及為今晚的手機搭配裝扮，爸的聲音已經
搶先登岸。

是妹接的，接起來之後她把話筒塞給我，話筒很燙，我灼傷似彈開，話筒清脆地
落地了，卻頑固著不碎不裂，有些人有些事，怎麼樣都揮之不去。後來我跟妹暗暗
猜拳，輸的人接。

「那個……我已經幫妳繳了學費。」是誰把學費單拿給他的？我默不作聲，希望他趕快
把話講完，不要拖拖拉拉。「呃……還有……咳……我想帶妳妹去買數位相機……」

「不需要。」我冷冷截斷他的妄想。

「可是，妳妹說好……當然她有要我再問過妳……」話筒那端聲音愈來愈小，我的火
氣也愈來愈大，我瞪著妹妹，她回我一臉無辜。

掛掉電話後，我對妹妹開砲。

「妳知道嗎？如果是我，我不會答應跟他出去。」

「我也很不想，可是我想要數位相機。」她揪著髮絲不敢看我。

「他又不是你的誰！」他只是一場醒不了的噩夢。

「所以我要用他的錢。」妹妹抬起頭，一副理所當然。

「他很噁心！」其實他也很可憐，他的潦倒是我的十字架。

「所以我要用他的錢。」妹妹嘟噥，繼續玩著頭髮。

「總有一天妳要還他！」我恨他，更恨自己的恨，我時時刻刻被自己報復著。「是他欠我的，他在還我。」妹的表情很不屑，我害怕這種臉，怕她也用這樣的臉看我。

「我只用我愛的人的錢……」但是，我不能懂，對於不愛的人如何虧欠？

「所以你笨，笨到家裡斷水斷電，笨到學費繳不出來，笨到胃痛掛急診！」最後一句話妹幾乎是用吼的，然後房門被甩上，對話結束。

我是笨，我傷害我愛的人，又被我不愛的人傷害；我不夠聰明所以無法帶著妹遠走高飛，全家爛泥似地陷在這裡，被童年經驗玩弄於鼓掌之間。我們已經長大了，可是心底總有一個缺，不接受安撫也不與理智妥協。我告訴自己，誰都有傷痛走過就好。但是妹那些話傷我很深，原來誰都沒有逃離開過。也許是我的錯，我不能保護她。

……我想起小古。

想起小古的時候，我會很努力爬起來，頭髮梳好裙角拉好，我不想在他面前跌倒。可是眼前，妹的表情讓我覺得徹底輸了，無論如何，我們都贏不過已經發生的事。小古看我，注定像在看動物園驕傲又可悲的猩猩。

所以，我才必須離開他。

她說我是神。

從什麼時候，我開始習慣把自己抬得高高的，接受別人膜拜，讓周遭的人百依百順？
她總是對得可怕……我已經習慣了站在舞台上、站在鎂光燈下、站在麥克風後面、
坐在遠企38樓……表演神的姿態。

做創意是個容易自我膨脹的工作……我享受膨脹、享受膜拜，喜歡感覺自己的無所
不能。汽球戳破，砰的一聲。把自己炸碎了才發現裡面空空的沒啥了不起。

六合彩熱門的時候，神佛也沾光；一次不準兩次不準，頭砍掉扒掉金箔丟到水裡去
餵魚。

我還是神嗎？我還能夠繼續說服自己表演得跟真的一樣？

送進X光機檢查看看……裡面原來是處處傷痕的假玩意兒。
__小古

2000 fall.小古

故事從這裡開始，也該從這裡結束。

「分手吧。」這天約了小古，在我們認識的咖啡店。

「如果妳沒感覺了，我沒意見。」他無所謂地聳聳肩。

好像，這段愛情從頭到尾都是我一個人的事。

盯著他，盯得出神，我想起自己老愛把頭靠在他的肩上，每一次都卡得那麼剛好，好像我就是他的肋骨變成的，好像……我們從上帝造人的時候就認識了。那麼，如果有一天我們分手了，再也遇不到這麼剛好的肩膀怎麼辦？

「我一定會送妳一打拋棄式的肩膀。」那時候他說。

現在，時間到了。

我不想要什麼拋棄式的肩膀，我只想要，徹底摧毀，重新開始，忘掉自己是誰。

「我該走了。」咬咬牙，背起包包，我站起身，桌上的咖啡一口也沒喝。「還不能走。」他突然說，態度仍舊好整以暇。「但是我還有約。」我回頭給他一個灑脫的笑，這是比賽而非戀愛，我不能輸。

「要走的話，五點半以後再走。」他的口氣很溫和，態度很堅決，丟出一封從電腦列印下來的e-mail。我刷地臉色一白。

我叫小貓，19歲，160/48，徵援交男。

不要談感情，

不要問問題。
　　小貓

小貓妳好，我是kevin。

電腦工程師，對妳有興趣。不談感情，不問問題。

和妳約10/6下午5:30　在西門町的starbucks.
　　kevin

「對不起偷看妳的信箱。」他慢吞吞點一支菸。「要分手可以，那維持金錢關係好
了。」我漲紅了臉，坐也不是站也不是。

「你憑什麼偷看我的信！」我用僅剩的力氣，嘶啞地大吼。

「如果妳缺錢，可以告訴我。我們本來就應該是金錢關係，記得嗎？」他已經抽完一支菸，然後又抽一支，煙霧瀰漫中，我看不見他的表情。「妳的所有，我全包了。」然後他丟一張提款卡在桌上。啪的一聲，我彷彿聽見自己心臟裂開的聲音。

地獄到底了嗎。

我冷冷地拿起提款卡。

「好！我不去找kevin，你來當kovin！下一次約會時間地點，敲定了再傳簡訊給我。」

那是一個下雨天，我記得我提了款、轉了帳，交了家裡的學費水電瓦斯手機費，然後走到河堤，把卡丟進河裡；我想要叫現實去死，但我只能任雨水把衣服淋溼。

真正狠的人是不說狠話的。真正狠的人先餵你一堆蜜，然後一腳把你踹進山谷裡。帥呆了，就像卡通影片，掉到山谷裡撞個大洞，大家拍手哈哈笑。

不對……那還不夠狠。真正狠的人把你捏在掌心裡，進不了、退不了、捏不死、飛不走……於是可以不死不活廝守到老。

我真希望做個真正狠的人。可惜我總是拿不準分寸，只剩兩片說狠話的嘴皮子。
　　—小古

那天，和小占一起參加他們公司的搬家派對，我們若無其事的玩玩鬧鬧，將眾人的眼光擱在一旁，然後跑上頂樓，與中正紀念堂的春節煙火不期而遇；在煙火璀璨中，我問他，其實你介意對不對？老實說，我們怎麼可能看不見別人的眼光？這場實驗性的逾越還未伸出觸鬚就被打斷腿。我想逃，逃離自己和事件本身。於是拖著殘敗的自己，不發一語離開他。而他沒有追上來。捷運上，我在記事本裡寫著這麼一段：

「逃亡。逃離你的視線，其實是逃出記憶中那座MTV館。服務生小小的粗心，我愣一秒鐘，然後從阿良懷中彈起來，在他無辜的臉龐潑灑紅茶。辛辣地，燃燒整個高二的罪惡感。

逃亡。逃離一座MTV館，其實是逃出為我量身訂製的框。一次又一次的逃，我以為夠遠了。抬頭猛見，捷運車廂如母體子宮，溼潤霉腐的豢養之下我狠狠流淚，媽媽……媽媽……我多麼厭惡妳又離不開妳。原來我還是我，一切不過是原點上的一場夢。

「今晚，我們攀到世界的頂點，居高臨下的時候，我的慵懶不比你少。我們都清楚感受到框架的模樣，卻告訴自己要忽略它。幸福的高峰之上，再也沒有階梯了，煙火在遠處無聲地墜落，我聽見我們的愛情，嗶嗶剝剝枯萎成死亡；你說對了，陽光一出現，曇花就剩凋零的命運。而我，曾經是一朵堅持血色的曇花。

愈認識你，愈覺得你是被逼的。你捨不得傷害周邊的人，只好不停地逃、逃、逃……想問你怕不怕，如果有一天，全世界都被你弄得黏膩不堪，你還能逃到哪裡去？

我無法提供你自爆的氧氣，亦無法代替你承受眾所矚目的眼光。唯一能做的，只剩下逃。所以，到此為止吧。我累了。」

Send出這封信之後，我睡得很不安穩，半夜裡，手機響了不只一百聲。

「喂……小貓嗎……我已經跟她說了。」她？誰是她？是他老婆嗎？我瞬間清醒。「她吵著要見妳，求求妳幫我這個忙。」

我無法開口。

很多時候我是野蠻人，餓了吃，累了睡。妹勸我別去，妹是保護我，但我只是想，去了，就可以再看一次那個男人。電話那端他的召喚，使我成為一隻被誘捕的獸。

直到她的聲音，將我拉回現實。

「妳真的很愛他嗎？」她單純的眼神裡映著無辜的淚水，我沒說話，不敢正面看

她。她開始哭，只是哭，哭哭哭，哭到我心都絞在一起了。我和她面對面坐著，夾在我們中間的是一個上帝。我沒有話說了，我沒有淚水了，你們審判我吧。

「我想離婚。」小古說，她哭得更兇了……「但是跟小貓一點關係都沒有，我說過，我不見得會跟妳在一起。」

我該跪下，說謝主隆恩嗎？其實我說什麼我都忘了。我是誰我也忘了。她還在哭，我想說能哭真好，這句話不久前，小古也對我說過。才幾個月我就老了。

「為了戰勝敵人，必須笑。」妹說，敵人無時無刻不躲在暗處，伺機而動；然而事情有點棘手……因為我的敵人是我，敵人在我體內，看著我崩裂。我笑得咬牙切齒，32顆牙，得撐住裡裡外外的支離破碎。鋼架完成，坦克完成，結果我死了。

他哭、她哭、我笑著。劇本裡面的壞女人，負責笑，不能停。笑一場鐘點費八百，這年頭陪襯正義的丑角沒功勞也有苦勞。停不下來……僵硬如屍的臉，還有車速。我一路狂妄地笑回家去，迷路也笑，闖紅燈也笑，笑死我了……這個世界怎麼這麼好笑？

2000 fall.小古

「我不是我，是不是你就可以看不見我？我不存在，是不是罪惡感也就不存在？」

我低聲自言自語，靠緊牆邊，誰都不要過來。

如果靠牆很近，有一天就會變成牆；如果總是縮在那裡，有一天就會消失。所以我維持這樣的姿勢。

小古追到我宿舍來，就像第一次任性闖入一樣，砰砰砰地敲著大門。

小時候，只要難過，就告訴自己，其實我是牆的一塊，沒有感覺。可是有一天，發現自己走到頂點了，生命再也不能更不知所措，還剩什麼？我還是牆的一塊，沒有感覺──媽媽不要我了。

小古的聲音持續在耳邊嗡嗡，他說了什麼？也許我漏聽了什麼重要的訊息，但是請諒解，一面牆，很難聽懂人話。小古待了很久，我也偽裝成牆壁很久。「贏的話我放妳走，輸的話妳放我走。」臨走前，他對著牆的一部分，發表友善宣言。扳開我的手，硬是要玩。到這個時候，我們還要計較誰比誰該下地獄……做人真麻煩。像我就沒有煩惱，我只是一塊牆，斑駁的時候，給我油漆就好。附註：我討厭灰色。也會想，送我去神經病院吧！如果知道自己是神經病，就可以更肆無忌憚了。我會想謀殺小古，再在他的墳前傷心欲絕。「都是你害的！都是你害的！」一塊石墳會有感覺嗎？如果一塊牆有，一塊墳就有，他會難過吧？「對不起。我也不想讓你難過，沒想到變成墳了還這樣。」

一團亂。

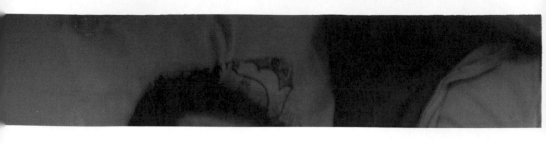

小古坐在床邊，我看到了。房間很髒，需要清洗。床單很髒，他坐著的地方，很髒。小古站著，小古坐著，小古出現，離開房間了也一樣出現，我的腦很髒，需要清洗。可能需要大量的白色油漆。

那，媽媽那邊呢？我的媽媽是不是一座牆我不知道。不過她確實造成我的困擾；她巴望一塊斑駁的牆，賺錢，光宗耀祖。而我，只會蜷縮這種動作而已。要不要表演給妳看？原來牆每一次斑駁之前，都會說一樣的話呀？都會怨恨嗎？都會自慚形穢嗎？可是，漸漸地就會換上新衣服了呀……這一次我卻不想穿衣服了。或者，我根本不是一面牆。我是什麼？

我最喜歡音樂，最喜歡愛情蛋糕奶油的部分，最喜歡表演蜷縮，我是什麼？我應該拿出耳機來，把自己關進去想一想。可是除了呼吸嗶嗶剝剝脆裂，我無法忍受多一點的噪音。我是牆，快塌的。牆裡面裝一只瓶子，瓶子裡面有一張字條和一隻蚊子。蚊子已經死了，腐臭了。

字條上寫：「你看不見我。」

我看不見他，可是他實在太臭了，我聞到了，便覺得渾身不對勁。我想去找塊白布將他蓋上。像去年，對待那隻死掉的天竺鼠一樣。（騙子！那時候你明明又縮在牆角，看著牠痙攣，隨著牠痙攣。）

對，我是騙子，那你是誰？我終於知道，原來除了牆，我是騙子。笑。

我蠻羨慕細明體，說真的。它很醜，可是整台電腦都是它。每個人的電腦都有些不同的漂亮字體，不過轉檔了之後，發現最好用的，共通的還是細明體。我不是細明體。我是小古電腦裡，獨一無二的字體，不容轉檔，不見天日。當然自己也要負大半責任，因為太堅持某種姿態的美麗，所以被別的電腦排擠。

這種字體，到現在他還取不出個名字來。他只是蹲坐在旁邊，傻愣愣，不知怎麼辦。別再想了，不過就是個名字罷了。我真的不很介意名字，反正不見天日，符號不過就那樣。

有一點憐憫（你憐憫一座牆嗎？），那就叫憐憫體吧？有一點邪惡（你其實對蚊子有慾望），那就叫邪惡體吧？世界上大部分的電腦，不吃憐憫或邪惡的檔案。小古也不吃的時候，我只好走了。

「你還要呆多久？我想不出我還可以是什麼了！」

我轉身吼了一句，發現沒有人站在那裡。

帶了五千塊剛領的薪水，一把鑰匙，一隻狗娃娃。我想去買可以讓人Natural die 的藥。

走到門口，鎖門，又開鎖；進門，外面好冷。我走不出去！給我藥給我藥！但是對藥房老闆擠交涉的笑容很難。你進來又出去，我家臥房是你家廚房，我的陰道也是你家廚房。 Good-bye。No-bye。I'm dead。

出去的時候，連氧氣也帶走了。

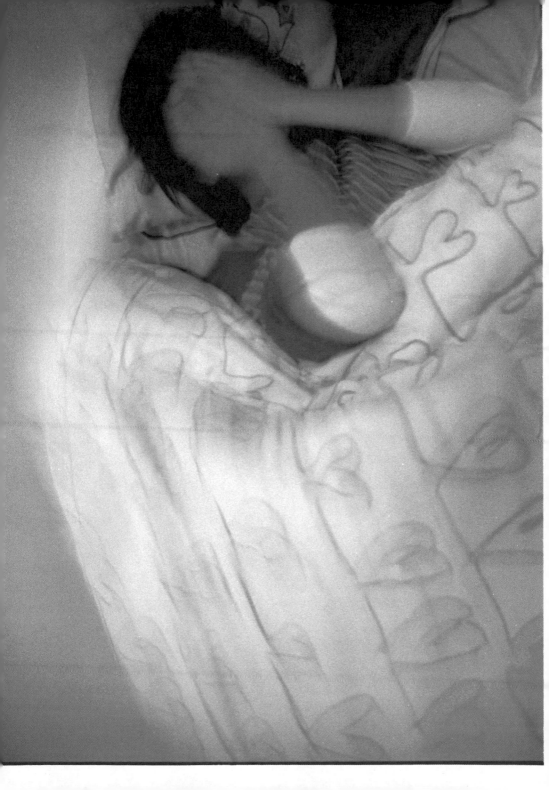

不知道是哪個虐待狂設計師的傑作,小小的辦公室裡,竟然裝了兩個冷氣口。很想大聲的吼出來,我愛妳,我要妳,但是,零度以下的體溫,把喉嚨也凍啞了。

我們都是吊在半空中的人,不甘願放棄空中全覽的景色,又期待雙腳著地的紮實。身體不斷拉長……再拉長……拉成可笑的姿勢……

我愛妳,以扭曲的表情。妳,並沒有陪著我繼續扭曲的義務。昨天,吻不到妳。今天,感覺不到妳的溫度。我在沒有座標的房間裡眼盲。

妳要走了嗎?如果是,記得幫我關上燈。我想在黑暗中,再坐一陣子。
　　—小古

ㄱ. 形同遺書

走的時候連我的氣氛也帶著走
來的時候連我想什麼你都會管
我是你家廁所　我是你養的狗
你想我怎麼動就怎麼動

I'm dead in your love.

I'm dead in your faults

I'm dead if do so can let you know

2000 winter.小古

叮叮咚咚，身上的鑰匙有一大串。已經離職的辦公室、以前住過的單身宿舍、不知道
屬於哪個抽屜的小鑰匙……還有一把，曾經通往天堂。

離開得這麼快，快得讓我完全沒有心理準備；好像還有好多話沒有說，天堂就已經
不存在了。鑰匙是屬於那個門的，但它……也回不去了。

這樣也好，天堂本來就不屬於我。我們的約定是一起下地獄去的，還記得嗎？

網路上也不會有救贖。鑰匙閃著遺忘的光。

「如果我是別的東西，妳會心情好一點嗎？」鑰匙問我。

「我也不知道，你說呢？」我反問。

我們隔著道德的距離，互相詢問感染失憶症的方法。
——小古

說過一起去旅行的。不再有機會，只好想像。我反悔了，不去阿姆斯特丹、不去義大
利。我想去希臘。

想去希臘啊，村上春樹住過的小漁村。亮晃晃亮晃晃地中海的陽光把什麼都染白。
趴在白色亞麻床褥上無所事事，被單上有太陽的味道。聽說前面哪個海灣，土耳其
人和希臘商人打過仗……現在潛水下去，或許還能撈起幾枚錢幣？想曬黑、想咀嚼
又鹹又苦的醃橄欖，想共飲一瓶紅酒，喝醉了，在星光下做愛。手砌的房子線條很自
由，先決定房子裡要有什麼，再決定要多大。窗櫺上要有飄搖的窗簾，坐在哪裡喝咖
啡看書，風吹過來，妳的頭髮永遠不乖。

希臘呀……聽說那裡時間最不值錢。見過幾千年世面的土地，約莫時間軸上的風風
雨雨，也會變得無關緊要了吧？不再匆匆忙忙……

想跟小叮噹借一片磁片，讓想像能在夢裡演出~然後，我想睡個長長長長的覺。
　　──小古

我和小古之間，結束許久了。

最近的我，讀村上春樹和卡爾維諾。清教徒式的性冷感。活著但不投入或者投入但不感動。每天一條巧菲斯，兩罐健怡，三份以上的濃縮咖啡，按時逃避和虛榮。還有，喜歡靜靜的橘色。

「反正妳隔三個月就變換一種個性。」他一副看透了的樣。

據說人與人之間，麻木是因為已經能夠讀出對方的行為模式。然而怎樣的模式不能被歸納的呢？當「善變」也算是某種歸結時。

我沒他厲害。盯著他，聽著他，卻什麼也看不透，就像一直沒能了解自己一樣。為什麼想擁抱呢？為什麼會孤獨呢？為什麼擁抱了反而孤獨呢？這不叫愛喲，我們相互提醒。「命運。」聽他說出這個字眼的時候我嚇一跳。環顧四周，這裡沒有我該得的。這是他的餐桌，那是他的餐具，還有他的兩雙拖鞋兩頂帽子兩隻豬跟熊熊。我慢條斯理嚼著魚丸湯，用力喝湯發出嚕嚕的聲音，讓聲音填滿沉默。

「你煮的魚丸湯，真好。」我擦擦嘴角，伸一個心滿意足的懶腰。

「這麼容易滿足。」他搖搖頭，笑了。

「因為當成是撿來的幸福啊。」撿來的幸福，值得感恩。恨是因為期待，我不再期待，所以不再恨了。「嗯。這樣對。」說完還自己確定了一下。

「妳又來了」,他下意識逃離我的直述句。關於是非對錯這種東西,套肯定句是不對的。是不對的。是不對的?噢結果我又用了一次。字字斟酌成這樣也不簡單,沒辦法,觀點一旦增加,選擇立場就難多了。

「所以,對事情我有看法,卻不表達想法。」他說。

「好ㄍㄧㄥ唷,再這樣下去不瘋掉也變成思想啞巴。」我懊惱地反駁。

「來點不需要看法或想法的。」

後來我們整整嗑掉19片CD。拉丁的。爵士的。弦樂四重奏的。大阪腔的。大陸小神童的。那英的。 Big band的。藍調的。坂本龍一的。身體趴在他的床上,下巴靠在他的桌上,鼻子湊近他的手指和滑鼠,嗅嗅嗅,菸與啤酒味,沒道理的好聞,好聞到讓人掉淚那種。

「乖,去睡覺。」他的聲音像沒刮淨的鬍子,霸道地侵略我的耳朵。乖去睡覺。乖去睡覺。我喜歡這句。沒有人會對我這樣說話,沒有人凌駕得了我,沒有人擅長用軟軟的命令句。只除了他。

「來,用我的牙刷。要不要洗臉?」用他的牙刷呢。我刷刷刷,是有生以來泡泡最多,費時最久的一次。咕嚕嚕。含含糊糊說要,他又把洗面乳丟給我。

然後他拎了幾罐啤酒,坐在床邊的電腦桌前,說想再聽一會兒音樂。我縮進他的被子裡,刮鬍膏的味道不知道從哪裡鑽進來,好舒服。剛開始還試圖半睜左眼偷

瞄電腦桌前的他。真捨不得睡，想多看他一眼，眼皮卻沉沉的，沉沉的。不要用沉沉的。不要用形容詞。他說這才精準。他會不會親我呢。我會不會親他呢。沉沉的親吻不夠精準嗎。什麼跟什麼的。我睡著了。後來他真的親我。迷糊中我猶豫了一秒，親回去。

「真尷尬，」接下來，他將軟軟的嘴唇縮回去，頓在半空中。有一種無力感阻隔在我跟他中間，誰也過不去。我說不出怎麼了，可是不說話，他會懂我嗎？「謝謝你借我抱。」結果我說，後來又覺得不夠，嘰哩呱啦亂說一堆。

「聽不懂。」他說。

於是我再亂說一堆，說到說不下去了，開始笑，笑得停不下來了，繼續說，「管它的。」最後只有這三個字是清楚的。不過有件事倒值得一提，他推翻了我最近對自己性冷感的假設。

「我已經36歲了呢。」我也22了啊我說。不要想太多喔。

「沒有想太多，現在只想睡覺而已。」那就去睡吧。

「就像一場夢境，醒來，天亮，明天會有新生活等著我。」就算明天在他的新生活中，彼此已經是陌生人，至少今天在他的夢裡，我存在呢。

「人客，這間房留給你喔。」他深吸一口氣，突然起身走出去，夢境戛然而止。

「不行不行……」我啞著嗓子努力吐出一句,「你沒有關燈。」

於是他停下腳步,關了燈……還是走出去。

房間突然全暗,我聽見他走進另一間主臥房,房門關了,喀答。

窗外,有抽水馬達細微的規律的循環著,我聽不見自己的心跳。

摸黑收拾包包,赤腳走到門口,凌晨三點鐘。

「這禮拜家裡只有我,好無聊喔。」

「太好了去你家搬書。」

電話裡我們如此約定。

結果,我只搬走兩件,五味雜陳的他的T恤。這樣最好。因為喜歡他,我祈禱他明天早上醒來,真的以為今晚只是個夢。

08 迴轉星星

深夜的路口 一輛車也沒有
我躺在馬路的正中央
一輛車也沒有

紅燈了　綠燈了　　　　　巷口的星星夜燈

　　　　　　　　　　　　　持續延聘著

2004 spring.小古

凌晨三點,三點blue。我在酒吧裡,和海尼根對話。冰冷的手指滑過冰冷的曲線,沉默的空氣,時間不耐煩。

Bartender撐著帶血絲的雙眼,打著呵欠,摩挲玻璃杯,白襯衫奔拉著整晚的疲倦。喝完這杯,就走,每點一杯酒,就發一次誓。誓言極度廉價,一大把一塊錢。海尼根安撫著我焦躁的喉嚨,我在等一個遲到的誰?

她會來?她不會來?我愛她?我不愛她?在酒精昏迷我的意識前,啤酒泡泡一個接一個算著無聊的命……

「先生,我們打烊了……」胡扯!Till LIFE tears us apart.

海尼根的瓶口,綴著我的婚戒……迷亂～直到永遠
__小古

當他脫口說愛，其實也只是說說而已。

我們不會割下耳朵、不會結束生命，

這些梵谷都做過了，

最後並沒有誰，因此而在一起。

MI＿ 失溫的熱情

2002 spring.Nil

前幾天打開E-mail，收到一封信，

信的標題就叫做，「學妹，我聽見一首歌。」

學妹，我聽見一首歌，GoGo & MeMe唱的Say Forever。

聽的時候，心裡很平靜，下次想要聽妳唱。

寄件者是Nil，一個工作上認識的高中學長，因為彼此都忙，我們維持著許久一見，
卻一見如故的關係。短短兩行字，在我心底泛起暖暖的旋律。

最近感冒了，聲音啞啞的，我情不自禁哼著不成調的幾句，心裡盤算著，一定要趕
快把病養好，才能唱歌給他聽。我從冰箱挖了整杓的川貝枇杷膏，氣管瞬間凍成
一條硬梆梆的薄荷樹枝。

在我的生活中，三不五時都會收到這樣的關心。

有些素未謀面的朋友，從廣播中聽見我的歌聲，開始和我通信；更有些朋友，我
早將他們列入我的E-mail通訊錄，只要一有新歌，他們馬上就會收到；還有一次，
Nil說他朋友生病了，在醫院很無聊，所以他希望我把創作曲燒成CD，讓他的朋友
聽聽，激勵他，去看看，世界其實好美麗。

他不知道，當他為我的歌感動，我也正為他的感動而感動。這個世界之所以美麗，
是因為我們在付出與收受之間川流不息。

一直記得，有一回上廣播節目，企製請來一位陌生的台大同學和我搭檔。他唱了一首，據說啟蒙了他音樂之路的歌。這首歌是他高中社團流傳下來，某位學姊寫的社歌。聽到歌曲那一瞬間我很驚訝，因為那首歌，居然是我寫的！

從那時候起，我學會一件事，就是，千萬要審慎對待自己的創作。

因為我永遠不知道，寫出去的東西，會流傳到什麼地方，撼動誰，改變誰。

有的時候我很惶恐，害怕定下的目標太遠大，難以到達。比如我一直希望，透過文字和聲音，以及善感的天賦，成為一個有影響力的人。

是的，成為一個有影響力的人，這就是我人生要去的地方。那個地方很遙遠，我的手邊連張地圖也沒有，究竟會遇到什麼阻礙也不很清楚。即使在這樣的狀況下，我還是硬著頭皮往前走。直到學弟讓我明白，重點不是到達，是姿態。

一旦我們決定一個目標，就等於決定一種往前的姿態。這就好像一個夢想成為芭蕾舞者的孩子，她的人生最後會不會站上舞台，她不知道。但她就是一路跳，一路跳。芭蕾的姿態本身，比站上舞台更重要，因為每一分每一秒，她都快樂而無憾地跳著。

所以，這個午后，當我收到遠方捎來的短信，我彷彿聽見有人在芭蕾舞者身旁用風琴伴奏，陽光徐徐灑在我的舞鞋上，整條路瀰漫一股金黃色的花香。

跳啊，跳啊，Nil說。

Nil説了一個資本主義小野人的故事：

從前從前，野人約翰從山上砍了木頭做成桌子，送給他兒子，結果妻子看了也很喜歡，於是野人約翰再做一張；沒想到，街坊鄰居見這桌子耐用方便，堪稱創舉，紛紛跑來央求野人約翰也替他們做桌子。就這樣，一傳十十傳百地，野人約翰愈來愈忙，他開始接訂單，當然也要求有一些小小的資金報償。

做第一張桌子的時候，約翰好快樂，腦袋裡幻想兒子看見桌子的表情，刨下來的木屑在空中飛舞，每一片代表一種滿足。可是做到第一百張、第一千張，野人約翰漸漸麻木了，他喘不過氣，停不下來，雖然他可以將製作桌子所賺取的報酬，拿去買隔壁湯姆發明的汽車，以及對街雪莉專賣的美容產品。

沒有做桌子以前，他一無所有。

做了桌子以後，他不只一無所有，還失去了最簡單的快樂。

有股難以形容的力量，推著他繼續下去，愈做愈快，愈做愈大量，他不得不利用機械與勞工來協助他，而這些勞工，他們甚至無法體會約翰做第一張桌子時候雀躍的心情，他們只是為了成全約翰而存在的螺絲釘。

然後我想起高中第一次寫歌的心情。

那時候，沒有人教我副歌該上揚，曲序該ABABB，歌詞該注重口韻。

那時候，情緒激烈地在指間顫抖，我只是必須讓它，流洩成音符。

所以我哭了。

我從來不後悔成為一個寫手。因為，身為野人約翰，其實是一件非常幸福的事，當他做出一張桌子，他取悅了他珍愛的兒子，當他做出一千張桌子，他也帶給一千個人同樣的快樂。我只是覺得，野人約翰不應該麻木，他不應該忘記最初的那份熱情，一不小心，把自己變成一根，為了成全過去而存在的螺絲釘。

究竟過去認為熱情的那些，是怎麼變成如今沉重的這些，我不清楚。

但我認為簡單的快樂之所以遺失了，肯定不是桌子的錯。

2004 summer. Nil

Nil介紹我的家教,地方在大安路,是三個過動的四年級小孩。

這種過動,絕非形容詞,而是經過專家鑑定,罪證確鑿,就像當初醫生說我是躁鬱症患者的那種。上課前兩小時,他們得乖乖吃藥,才能集中精神,不亂發脾氣。

第一次接觸到小孩的家長,覺得很心疼。大約三十出頭,相當孩子氣的一個母親,會跟孩子搶漫畫,會對孩子耍賴,會對身為「老師」的我必恭必敬。她和孩子們,輪流扮演孩子的角色,吵架的時候就刀來劍去,棍子皮鞭滿天飛。

孩子的爸爸,是個沉穩的處女座男人,不太說話,有時候教訓孩子還會被媽媽嘲笑,接著,母子們一起笑,笑到最後連爸爸自己也笑了。……這個樣子的家庭。

有一次,弟弟不小心殺掉哥哥的電腦遊戲紀錄,哥哥便縮在桌子底下哭得慘兮兮,邊哭邊痙攣,媽媽趕忙上來安慰,威脅利誘,所有能掏的法寶都掏了,還在哥哥面前狂揍弟弟一頓。

又有一次,兄弟倆為了橡皮擦大打出手,摔椅子,撕作業本,踢電扇,撞牆壁,戰況慘不忍睹……事實上他們每次上課都會撕作業本,他們的課本從來沒有完整過,一如他們的身體,永遠有癒合又新增的傷口。

非常眼熟的畫面。高一那時候,我也是這樣子讓我媽煩惱。她不准我參加吉他社出遊,我就躲在桌子底下,抱著男友的情書,邊哭邊痙攣;她打電話給男友的家人,請他們管好兒子,我就拿剪刀在她面前晃,衝出去翹家個十八天。幸好那個男孩命夠硬,才能撐到現在。於是,等我長到一個年紀,

回過頭把當時看個清楚，遂變得可以理解辛苦的大人，也可以理解這些孩子。

有時候，為了不讓教學太枯燥，我會把數學變成撲克牌、把國語變成比手畫腳；社會教到衣著的單元，我們就玩紙娃娃；學校規定要寫生字，我們就比賽誰寫的快，然後互相改錯；考前，三個孩子正好可以玩三國志，評量卷的分數就是他們的士兵人數，我演巫婆，看到比較不熟的題型，巫婆就殺出來拿類似題目跟他們交易，答對的話可以得到一個半獸人。

……但也有些時候，我想不出什麼遊戲，只是一味要他們快點寫，寫快點！這樣的話，他們當天表現就很糟，作業寫不完，態度惡劣，兄弟打架，雞飛狗跳，我氣得想回家抱媽媽，希望再也不要來上班。

好不容易，上完課了，我得在他們的聯絡簿上貼貼紙，貼紙愈多表示他們今天學習狀況愈好。這時候我才發現，我貼的，其實不是他們的狀況表現，而是我的狀況表現……。他們本身的狀況自然是時好時壞，但我的情緒卻才是影響學習結果的最大原因。如果那天我和男友吵架了，他們兄弟肯定也要打架。

原來，我的成就來自我的態度。

外在世界那些狗屎到不行的事情，只因為我長了一雙狗屎眼睛。

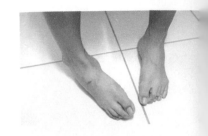

在非洲,有一種欺善怕惡的狐狸,專門攻擊比牠矮小的動物。為了躲避狐狸的獵殺,草原上的動物們都努力假裝自己很高,例如跳鼠。跳鼠雖然小小一隻,但是牠跳起來可不得了,只要狐狸經過身邊,跳鼠就會一跳一跳,殭屍那樣。

有些非洲孩子也像跳鼠。他們還太小,比狐狸矮得多,每次出門,媽媽總會提醒他們帶木板。於是你可以看到,在危機四伏的綠色草原上,有個黑不溜丟的裸體小男生,全身上下唯一的長物是木板,當他走過狐狸身邊,他會把木板舉得老高,搖搖晃晃,小心翼翼往前走。

為什麼提起非洲呢?

也許,那是因為,在某種程度上,我覺得自己活在非洲。我的神經敏感又纖細,現實人生中,太容易受傷。於是,為了避開危險,我微笑,我禮貌,努力架高自己的木頭,說服所有人,我很好。但是Nil洞悉這笑容背後的不安。

「妳那種快樂,是假意識。假意識就像大麻,它可以讓妳獲得短暫紓解,卻無法持久。」

只是,他的口吻斬釘截鐵,聽了令人生氣。

憑什麼他認定我的快樂是假象?憑什麼,他居然用醫生的口吻,診斷我,治療我?難道他不知道,有的人天生就不快樂,對他們而言,快樂需要多麼用力,才配得到。

跳鼠難道不希望自己天生是大象？但他畢竟一輩子都得當跳鼠，跳個不停。而他只用了「假意識」三個字，就打發掉我對追求快樂的努力！

所有人剛出生的時候，連話也不會說。透過學習他們學會表達，透過修辭他們更學會有技巧的表達，難道要說，語言也是一種假意識嗎？如果語言可以學習，快樂為什麼不能學習？

也許，我根本沒有肩膀，我老早就砍掉了肩膀，接上木頭。

木頭就是我的肩膀，假意識，才是我的真意識。

我正在學，我正在。所以能不能，不要在這時候告訴我，那是假的？

我寧願相信，假的只要存在的夠久，就叫做真的。

你看，當Nil說了這麼正中要害的話，我的眼淚滴答滴答一直掉，但是，我還在笑。

我微笑，我禮貌，又哭又笑，像太陽雨。

微笑是我的肩膀，很高很高，砍不掉了。

城門雞蛋高.

城門城門雞蛋高　三十六把刀
城門城門雞蛋高　三十六把刀

你的表情面無表情　每一了表情看起來都像在演戲
在他眼裏無所遁形　那可悲的抓緊那件國王的新衣

到處討好 到處微笑 到處展現了強需要一了 難逃
卻又不敢正面接受他對你的好　只能逃

你的心情 無跡可尋
這時這地都像是導演在拍營
不敢相信 什麼真心
像流言的謠言只能偷偷打瀑聲

營慢靠近 城門緊閉
你躲在門裏 要求他快離你而去
不斷重覆那齣你最深的一場戲
那樣你的命運

2002 fall.Nil

妹妹打工的地方,在白木屋。

每次她穿著那一件圍裙,再戴上紅色頭巾,看起來就像幸福的園丁。她的手指輕巧地在蛋糕之間穿梭,玻璃櫥窗裡,她和蛋糕,映照出一種自然的和諧,教人捨不得把蛋糕買走。

我喜歡在晚上的時候去店裡探班,晚上太陽下山了,她的臉頰紅咚咚的,我知道太陽就躲在她臉上。不過我最喜歡看的不是妹妹的臉頰,而是妹妹的黑皮鞋。乍看之下那雙皮鞋平淡無奇,其實可是暗藏玄機的喔。

當初妹妹去店裡應徵,老闆一下子就通過審核,要妹妹來上班。不過老闆一直對妹妹的鞋有意見,妹妹沒有別的鞋,只有一雙破布鞋,又髒又舊,和蛋糕店優雅的制服一點都不搭嘎。為了這件事,老闆好幾次婉轉對妹妹提出忠告,要她換一雙像樣的黑皮鞋。於是,妹妹跑來向我求救。

從我高中開始,我和妹妹倆人就搬出來住了,生活大小事都相互依靠。Nil曾經問過我一句話,這個世界上,有沒有什麼人事物你最想捍衛?那時候,我說是妹妹。總之,無論妹妹有什麼要求,我都不想讓她失望。

可是那陣子我們經濟狀況不好,沒有閒錢買什麼黑皮鞋。所以我靈機一動,從櫃子翻出一罐鐵樂士噴漆,把妹妹的舊布鞋,一下子噴成黑皮鞋。

最令我得意的是,到現在,蛋糕店老闆還是沒發現,妹妹新買的黑皮鞋,其實改裝自原來的舊布鞋。

妹妹的黑皮鞋，對我而言意義重大。

那一層意義絕對不是指經濟上，而是一種，在混濁有條理的世界裡，如何偷渡屬
於我們的瘋狂。我和妹妹的血液裡，都隱藏著某種桀驁不馴的氣質，不然我們也
不會離開舒適的家，逃避茶來伸手飯來張口的生活。我們不要安逸，溫吞的土壤
裡沒有我們需要的養分，我們寧願成為一株，自由冒險飛翔的蒲公英。

後來，妹妹為了感謝我的大力相助，趕在我參加舞會的之前，回贈我一項大禮。

那就是，她把我那雙穿了四年多，掉色掉得亂七八糟的黑色馬靴，用奇異筆補得好
均勻。

我酗健怡。癮發作的時候，會渾身發抖那種。當尖銳的氣泡躺平在我舌根，我的焦躁也跟著躺平。吞下液體那一瞬間，感覺像吞進了一隻刺蝟，慾望很飽，身體很安靜。然後，痛覺使我清楚地聽見任何自己。是的，任何自己，包括心跳。我尤其喜歡在喝健怡的時候，聽自己心跳。

跳。跳。跳。跳跳。跳。跳。　。跳跳跳。跳。有人說又叫心律不整，但我不認為，我認為我的心臟和我的個性一樣，是匹野馬，有點迷糊，有點貪玩，偶爾拖拍。拖拍宛若生命的冒險，藉由冒險，找到新出路。

更確切的說，我討厭別人告訴我怎麼做，討厭安全遊戲，討厭完美。

完美太虛假，完美太辛苦，完美太自以為是，完美太孤單。完美是一把隨時需要維修的傘，有八百個枝節等待處理，而且永遠處理不完，我不要我的人生，只在傘下重複轉圈圈。我想丟掉傘，不顧一切的淋雨。

那天和Nil出去，我們約在星巴克。Nil說他以前酗咖啡的程度比我還凶狠，但短短幾個月之間，他卻變了個人，現在只喝熱牛奶。到底是什麼讓他放棄多年的習慣呢？我很好奇。在我逼問下，他才透露，他的前女友，向來不喜歡他喝咖啡，本來他毫不在乎，可是分手以後，也不知道為什麼，他卻無法再喝半點咖啡，他說，只要一喝，就會心悸。

至於，讓他心悸的，究竟是咖啡，還是女友呢？他卻說不知道。

「妳也別喝了吧。」Nil說。

「怎麼可能，」我笑著拒絕，「我又沒讓我心悸的前女友。」

接著，Nil開始如數家珍地闡述咖啡因飲料的壞處，內容就跟網路上看到的轉寄調查報告差不多，對胃不好，對骨頭不好，對神經不好，之類的。最後，他看我一臉無動於衷，終於撂下一句：「好吧，我看妳是不可能戒了，我現在開始存錢好了。」

「存錢幹嘛？」我不懂。

「存錢啊，如果妳老了以後，骨質疏鬆要看醫生，我可以借妳錢。」

就是那一刻，我突然找到了Nil心悸的原因。

因為Nil曾經深深愛他的女友，也被他的女友深深愛著。那個深深相愛的瞬間，也許不再回來，但是，有什麼東西留了下來，變成習慣，變成座標，喀啦，也變成Nil那把傘的枝節。

說起來，我仍舊討厭完美，討厭繁雜的修傘工作。

但我開始可以想像，所有傘的枝節，都來自我們與生命中重要他人的互動。完美本身沒什麼了不起，事實上每個人對完美的標準也不一樣，當我們追求完美，我們只不過，正在追求一個曾經關心過我們的人，他對我們的期望。

從那天到現在，我沒再碰咖啡因飲料。

我只要想到，Nil正努力存錢，等著我老了去跟他借錢，我就心有不甘。

2002 winter.Nil

每一天，我逼自己做一次遺忘的練習。

忘掉複雜的爭吵，忘掉搞丟的錢包，忘掉失約的情人，忘掉失控的事件。我以為，
遺忘是一種清空，當我清空，我才有重新出發的權利。但，遺忘並不簡單，遺忘，
必須在身心靈三方面皆保持全然的潔癖。身體要赤裸，胃要淨空，耳邊要有fren-
tel那一類的音樂，室溫27度，而且，不能哭。為什麼不能哭呢？因為哭的話，會被
發現根本還沒有遺忘。

直到今天凌晨，Nil打電話來。

電話那端，他沒半句廢話，直接塞了武器給我，逼我現在就出征。去找情人，去享
受人生。

嘿老大，我還沒準備好哪，我告訴過自己必須清空。等我乾淨了，等我真正忘記八
百年前的傷心往事，我一定會出發的。

「遺忘沒有練習，只有馬上。」Nil卻說。

掛上電話之前，我只覺得Nil可笑。如果我是魔術師，也許我能在一秒之內命令腦袋消
失，但我不是，我的腦袋會平平安安陪我活到八十歲……掛上電話之後，我卻突然想
通了某些事。

如果我的腦袋注定跟著我一輩子，那我是不是永遠不會遺忘？

如果我沒有辦法遺忘，那麼我還要不要出發？

如果我仍要出發，又何必堅持等到遺忘的那一天降臨？

好吧，Nil說的對。那些林林總總關於遺忘的練習，都只是練習。練習是假的，生命卻是真的，當我任時間流逝並稱之為練習，我在浪費生命。

也許，我該帶著這顆永遠沒法遺忘的腦袋，衝進血肉模糊的真實世界，狠狠廝殺；

在沼澤城市沉浮，偶爾探出水面呼吸一口新鮮空氣，這才是人生。

翻过来 滚过去 扭过来 摔过去
我钻不出这座泥沼
王子在远方嚷嚷 愈缩愈缩愈渺愈小
他们说我太□□ 这样不□

走过来 绕过去 爬上来 爬下去
为了寻一口空气
不想输就必须赢 百分之攻击都是不得已
只有我能为我自己 找到一种武器

爱里没有真理 真理属于上帝
上帝躲在家里 修理他的电视机
主播如果漂亮 连祂都往里钻
主播就是上帝 上帝就是真理

通往爱的森林 闹满了大道理
每一条都是别人的圈套
通往爱的森林 早就被人侵占
我不知道该怎么前进

10 森林 大战

2003 spring.Nil

最近，透過Nil認識了一個多愁善感的新朋友，Reason。

Reason來電那時候，我剛下節目，準備上另一個節目，時間僅僅足夠聽她一通留言。其實她留言的內容再平常不過，就說有事，要我回電，只是那口氣好決絕，好矛盾，我說不上來，於是儘快回了電話。

電話那頭，Reason抱怨自己不能思考，不能呼吸，睡不著，一團亂，總之糟透了。聽著她叨叨絮絮這些那些，我不斷祈禱自己可以變成愛因斯坦，南丁格爾，或志村健，任何一個誰，只要擠得出方法或笑話的人都好，就在我努力「變身」的當頭，她大口喘著氣，身體發出求救訊號，好像要哭……還是要笑，我分不出來。不不，最後她沒有哭也沒有笑，她收回一切，回復平靜，迸出令人錯愕的三個字，

「對不起。」

我當然知道，她不想這樣。

她多想全然信任別人，她多想釋放痛苦，但偏偏她太善良，怕給人負擔。

她就像是一隻刺蝟，刺蝟小時候，刺是軟的，每遇到一次外力撞擊刺就變硬一些，漸漸的，有一天，她發現自己無法再擁抱別人，因為不管擁抱誰，對方都會流血。最後她只能昭告天下，公開懸賞，徵求一個擁抱。

不過，這時如果真的出現一個想抱她的人，她卻會說「對不起」，接著迅速落跑。

我曾經就是這樣的人。從小就出生在不對的時間，不對的地點，於是養成那種，一路道歉著長大的個性。現在三不五時也還會舊疾復發。

不過總算，我長大了。

長大以後，我的年紀比較接近愛因斯坦，南丁格爾，或志村健，我開始期待自己和聖人有同等的表現，而我老是搞砸，在這樣的時候，我才終於明白，大人不等於聖人，人人都會犯錯。

就像我的媽媽，她在生我的時候，並不知道怎麼做一個媽媽。她甚至每天仰臥起坐，希望把我流掉，她是這麼惶恐，卻又這麼勇敢，她畢竟生下了我，得有多大的信仰和愛，才能扛起如此甜蜜又沉重的負擔。

於是我回應Reason「對不起」的方法，不再是另外一句「對不起」。

我終於會說，「沒關係，我們一起來想想辦法，我也還在學。」

我們是兩隻翩翩起舞，互相擁抱的笨刺蝟。

偶爾她踩我一腳，偶爾我踩她一腳，偶爾我們跳得還不錯。

嘿，我突然發現，調整好姿勢的話，刺蝟的肚子，原來是沒有刺的噢。

Reason問過我一個問題,「在妳的價值觀裡面,什麼擺在第一位?」

「戀愛啊。」我想都沒想,理所當然回答她。

「唉,」結果她語重心長送我一句箴言,「重情失敗。」

那個瞬間我聯想到Nil,一個人生閱歷豐富,在商場叱吒風雲的人。

……其實也是我一直以來暗戀的對象。

我還記得,自己第一次在公事上有求於Nil,緊張兮兮撥出了那通電話。電話裡,當我鼓起勇氣對他說:「答應我好嗎?」腦袋裡偷偷想著的卻是,「答應和我交往好嗎?」也因此,當他輕輕拒絕我的時候,我立刻刷刷啦啦崩解成,一滴滴痛徹心扉的眼淚。

「對不起。」我吸吸鼻子,為自己的失控感到難堪。

他一點都沒有責怪我,甚至非常有耐心,花了一個多小時,解釋為什麼不能幫我完成這件十分鐘就可以完成的事。至於理由本身究竟是什麼呢?哈,我完全忘記了,怪就怪他的聲音太好聽,害我從頭到尾,只記得他巧克力海綿蛋糕一般,溫柔低沉的嗓音。

掛掉他的電話後,連著三天我走路都用飛的,而且洗澡不洗耳朵。

直到現實二度迫在眉梢，上頭要我再扮一次小黑臉，我不得不向他開口。

「你先拒絕我好了。」我心疼Nil忙，不想勉強他任何事。

「好啊，我拒絕你。」他嘻皮笑臉開我玩笑，後面卻又補充，「明天把東西快遞到我公司，讓我看看。」這算是答應嗎？我的眼睛為之一亮，心臟被感動漲得好滿好痛。

就這樣，過了禮拜六、禮拜天、禮拜一，來到禮拜二。

這段時間，每一秒都像一輩子，我小心翼翼不敢驚擾，穿越無數個出生入死的等待關口，終於在禮拜二的晚上豁出去，抱著立地成佛的心態衝到他跟前。「到底好了沒？」我無力地問。

他沒有說話，只是打開他的包包，讓我看見，尚未拆封的快遞，就靜靜躺在裡頭。真的很奇妙，那一刻，我不但不因任務中輟而沮喪，反而感到前所未有的幸福。你看，他是這麼忙，忙到連拆開快遞的時間也沒有，也許也忙到不能展開任何戀愛。然而他卻願意，在包包裡面，騰出一塊空間，置放我。

於是我寫了一封信給他，告訴他，時間不是問題，我願意等，還特別囑咐他要好好保重身體，不要忙過頭。幾個小時以後，我收到他的正面答覆，結果比上頭本來要的，還更完美。

是的，重情容易失敗。我的確有好幾次因為重感情，所以吃大虧。但有了這次的經

驗，從此每當失敗，我都會拿Nil出來，當作盾牌，抵抗那些因為失敗，而不敢再熱情的念頭。

我很感激Nil，Nil使我更加篤信，戀愛第一。

而且，既然戀愛是我的第一，那麼就要用戀愛的心情，來對待周遭一切。

就像，如果小叮噹把人生每一個細節，都看作銅鑼燒，那他肯定所向無敵。

星期六的下午，覺得孤獨。

我也不懂，為什麼外頭正在戰爭與瘟疫，我卻依然小鼻子小眼睛，在小事裡撖跤。
也許，這證明我還存在，我的那個自己，把自己塞得滿滿，從指間到髮梢不斷湧
出，痛痛存在著。

一直記得1999年10月，是我愛情的最低潮。那時候，我把自己關在四坪大的宿舍
裡，不吃不喝不開燈，心情與世隔離。憂傷的感覺悶在那裡，蒸發不掉，逐漸凝
固，變成一塊黑色空間，住在左邊胸口。很後來的很後來，有時候透過歌，有時候
透過文章，我還會不小心掉進回憶的事發現場。就像此刻，那麼我會保持安靜，
踮起腳尖，盡量不去打擾記憶方格中專注於憂傷的那個女孩。

前陣子，教授在課堂上播放東帝汶獨立的革命紀錄片。透過鏡頭，我們親眼見證
1999年10月，由於戰爭，東帝汶的新婚夫妻來不及蜜月；畫家從此失去右手；小孩子戴
著比頭大的鋼盔上戰場去……他們的夢想，隨著砲聲隆隆，支離破碎。

然後我才驚覺，當東帝汶支離破碎的時候，我卻在地球的另一端，以自己為圓心，
畫一張世界地圖。地圖裡沒有東帝汶，只有我的愛情。因為我的愛情，全世界豬羊
變色，我相信我夠慘，最慘，比東帝汶的誰誰誰都還慘。

當我失去愛情，我說全世界再也沒有愛情。

當我失去信仰，我說全世界都在說謊。

我不是神，但我是一片麻雀雖小的砲彈碎屑。

昨晚，MSN上Reason因為愛情失意而語無倫次，我知道她正在他的砲彈碎屑裡，於是急著拉她出來，去看看東帝汶。她卻送我一個紅臉關公，粗暴地下線，生氣了。

深夜的房間，螢幕上的光影慘白流轉著，我對著無人回應的電腦不知所措。

也許她是對的。東帝汶其實是另個藉口，我不過在尋找方法，讓自己離開那間四坪大的黑色屋子 。

淡藍色隱形眼鏡　她看起來像泡過福馬林

香味刺鼻香水味　這種人通常澡都沒洗

長髮披肩連身裙　放了屁很難揮發乾淨

隨意吧　　失魂著迷

假惺惺　假惺惺

看到小狗就抱　看到蟑螂就踩

假惺惺　假惺惺

飯吃三口就飽　想要就說不要

假惺惺

昨晚我哭了，就像蛞蝓撒上鹽巴後，融化成一灘水那樣。哭的時候一邊還在工作，眼淚和表情完全分開，性命正在溶化，自己卻不知道。硬要去分析鹽巴成分的話，大概可以簡化成下列一句描述：Nil和Reason就要在一起了，原來Nil對我始終是擔心而不是愛。

Reason在等我說話，她需要我的鼓勵，我盡量張開嘴，喉嚨卻吐出乾涸。

我試圖握住她冰冷的手，希望藉此傳遞一些力量給她，結果，我的手比她還涼。

「給我一天的時間，把喜歡Nil髒髒的情緒擦掉，明天我的手會是熱的。」我說。

接下來，我哭著工作，哭著回家，哭著睡著，彷彿哭是一門必修課程，努力把愛流乾，就能拿到一百分。直到，隔天早上哭著醒來的時候，我知道自己擦不掉感覺。

如果擦不掉感覺，那麼就擦掉阻礙吧。

有幾秒鐘我決定專注在遠方那個點，假裝Nil就在懸崖的對岸，我活著，沒為別的，只為了往前走，一直走，一直走，走到天荒地老，其他通通視而不見。

但是不行，我看見Reason，我看見Nil，付出畢竟不是單方面的事，錯誤的付出到了對方手裡會變成負擔。更殘酷一點說，我看到的不是Nil也不是Reason，愛情裡沒有對錯，我看見我的膽小，怕誰傷心難過都是推諉之辭，我根本不敢墜落。

妹在MSN上回應我，「請妳不要污辱膽小，膽小也不想跟妳一國。」

最後我投降了。

我擦掉橡皮擦，用手扒開眼睛，看清真實的自己，多麼千瘡百孔。

我發覺我不是在愛。

Joseph Compell：「愛是com-passion，也就是一起憤怒受苦熱切和悲哀。」

然而我的愛，卻是地下街空蕩盪的獨舞，與我共同表演passion的，只有影子。

我發覺我在抗拒愛。

我抗拒去分辨什麼叫愛情，抗拒分辨使我裹足不前，使我錯亂，使我的人際關係血肉模糊。我的愛情帝國缺少一部憲法，所以才需要以別人的憲法為依歸，天天被殖民，時時換國籍。

我好驚訝，我以為愛是本能。

但是關於愛的本能，竟然在我使勁擦掉感覺或擦掉阻礙的一路上，逐漸，逐漸消磨殆盡。

2003 summer.Nil

◎印度哲人克里希那穆提:「如果因為恐懼而行動,你就會迷失,恐懼和愛不能並存。」

前幾天我很亂,昏昏沉沉,在紙上寫了滿滿滿滿的文字,自己都看不懂。喝水的時候不知道自己在喝水,吃飯的時候不知道自己在吃飯,跟朋友聊天嘴笑得好開,開到完全脫離臉頰肌肉,飛出去,像一張膜,包裹住所有情緒。

「消化掉喜歡最好的方法,就是去喜歡。」妹看出我的不安,她說。

於是我決定對Nil告白了。

硬要說出個理由的話,我想是因為我再也受不了這種作繭自縛的暗戀方式,想要打破、想要衝出去捽毀,至少,等我撞上去,我就會是知道眼前的究竟是牆,還是門。

我在半夜12點來到Nil家樓下,就像連續劇裡灑狗血的劇情。然後花了六個小時維持同一個姿勢,拇指停留在撥出鍵的位置,卻始終狠不了心,按不下去。恐懼製造出來的幻覺不斷襲擊我,我想放棄,又不想放棄,僵在那裡無謂的空轉。

我的生活處處充滿恐懼,表現在罪惡感,焦慮,絕望,或希望之上。

渴望愛情是對寂寞的恐懼,渴望成功是對失敗的恐懼,我恐懼,然後又不好好面對恐懼,只是無止境的防衛,抗拒,以及否定,到最後恐懼佔滿身上每一吋細胞,我根本分不清自己行動的意圖,究竟來自恐懼還是來自愛。

◎「當你完全專注的那一瞬間,就沒有恐懼。」

真正按下撥出鍵的那個瞬間,我全神繫在按鍵上,思考與幻覺都消失了,世界彷彿只剩下手指與按鍵,再單純不過。數日以來,恐懼首次離開我的身體,那種感覺好輕盈。雖然也好短暫。

◎「恐懼來自我們不想面對真正的自己。」

和Nil通話的時候,我不太說話。其實我早就猜到結果。

我沉默,但我的內心在狂歡。恐懼離開了,懸崖到底了,這樣的痛遠遠低於我當初設想的幻覺,天空沒有崩裂,心跳沒有熄滅,我還活著。

我終於發現,這些憤怒的行為都來自一個簡單的聲音:不敢承認失敗。

我不是要說愛情可以比較,但我的確在逃避真正的自己。我總是告訴自己,我追不到誰誰誰,是因為我還沒有追;我的工作錯誤百出,是因為我還太緊張,無法展現實力。天哪,我是這麼害怕不完美的自己,而恐懼,正好給我一個藉口,不必負責的面對。不負責,所以也無法改變,所以也無法前進。

◎「恐懼，停止了所有的『變成』。」

穿越了一個恐懼，不代表我沒有其他的恐懼。

怕失去，怕分離，怕死，怕痛，我知道自己仍舊是個超級膽小鬼。

只是，如果恐懼確實構成了一部分的我，那麼我該學的，是如何與它共處。

當我能夠帶著恐懼前進，變成另一個我，反過來說，應該就叫做勇敢吧。

聽說我要去桃園看國慶日煙火，Nil嗤之以鼻。這傢伙，一天到晚對我嗤之以鼻。

「沒事幹嘛跑去人擠人？」

「重點又不是煙火或人潮。重點是，桃園很遠，可以騎很久的摩托車，我喜歡騎摩托車。」

「那妳應該去參加高雄那一場煙火才對。」這一句話當然是在開玩笑。

Nil知道的。他知道對我而言，生活中最令人放鬆的時刻，就是跟摩托車一起飛翔。我太忙，我逼自己太緊，我捨不得休息。只有騎車的一路上，上一個目的地拋諸腦後，下一個目的地遙遙在望，在這樣的時刻，我才感到理直氣壯的幸福。

有的時候，我忙碌到想把自己扯壞，於是會狠狠爬上車，大聲宣告，我要走了。甚至有一次，我邊騎邊睡，用耳朵看路，希望自己騎到天上的雲堆裡去。

也有的時候，人心太險惡，我再也提不起任何熱情善良的力氣，於是妹妹會載我，實行我們自己發明的「招魂大法」。「招魂大法」很簡單，我就是乖乖在後座，與載我的妹妹背對背。這時即使只有時速三十，也會讓人嚇得神魂顛倒。神魂顛倒眼光顛倒，我一邊尖叫一邊看著路上行人驚慌的表情，然後發現，世界這麼可愛。

更有些時候，當我無法承受更嚴重的愛情關係，我會在車上飆淚。我的僕人是風，風負責吹乾我的眼淚，至於它吹不動，比較沉重的那幾滴，則一滴一滴留在舊

的象限，只要車速夠快，我就能夠甩離它們。我有一半以上的詞曲，都是在安全帽裡哼完的呢。

去桃園那天，我騎著車，風涼涼的，肚子不餓也不飽，月亮在笑，隨身聽反覆播放著周迅的《幸福花園》。我聯想到電影《臥虎藏龍》裡，李慕白握著秀蓮的手，對她說，「伸出手握得住的，都會消失，但是張開手，卻能擁有全世界。」

那一瞬間，我真的覺得，自己沒什麼不幸福的。

我曾經這麼害怕去承認自己幸福，是因為，害怕別人知道了，就不再給我更多幸福。憂傷彷彿是一個乞丐的托盆，告訴別人，我還很餓，我不夠，所以餵我。但是，我真的不想再把幸福交在別人手上了。一個人有一個人的幸福。兩個人有兩個人的幸福。一群人有一群人的幸福。而我是這麼幸福。這麼幸福。

結果，真正到了桃園，只見前方空氣混濁，烏壓一片。

我和妹妹和阿良，人潮面前緊急煞了車，三人極有默契地，將摩托車掉頭，騎回台北。

那些喧嘩的煙火，在我們身後，綻放開來。

2003 fall.Nil

深夜十二點,下了節目。最後一次和Nil一起回家。

路燈喧譁著,把他的影子拖成長長的沉默。我踩著他的沉默,一步一步,慢慢走。

「換了新工作以後,也要記得常常回來。」

他的聲音好理智,像是壓抑一層穿不透的膜,我仔細盯著他端正的肩線,不能明白,就要離別了,為什麼他還能這麼正確、這麼沉穩?

「我做了一個夢,」終於我開口了,「很大的雨,你沒有撐傘,所以我就拿著傘,在你身後一直追、一直追……」這是他的肩膀,這是他的臉頰,我睜大眼睛,想記清楚。但不知怎地,眼前似乎真的下起滂沱大雨,我什麼都看不見,只看見這幾個月來和他一起的那些回憶,一幕一幕,在腦海翻飛。

「知道嗎?妳的天賦也是妳的詛咒。」

他摸摸我的頭,像在對待一個放心不下的小孩。「也許你該學學梵谷,悲傷的時候,就抬頭看看橘色的月亮。」

梵谷的畫作「星空之夜」裡,月亮在黯藍的夜空,狂野激情地爆炸開來。

梵谷的畫作「星空之夜」裡,月亮不是月亮,月亮是我,夜空是他。

他說的橘色月亮，是這樣嗎？

我們之間，就像梵谷與高更。只是，我不會割下耳朵，也不會結束生命。

這些梵谷都做過了。最後並沒有誰，會因此在一起。

12.

曖昧的姿態

茶喝了一半 你不敢喝完 動也不敢動 味道在不在
花開了一半 你不敢稱讚 總有天會被大雪給掩蓋
太懂未來 失去現在 只管親吻 不需閒愛

你曖昧的姿態 我總學不會習慣
還忍不住相信 像被狼虎的兔
你曖昧的姿態 把我的承諾用腳踩
我醒來還去怎麼想也不明白

Fa___ 遇見Sunshine

很痛很痛的時候，任性大喊再也不要愛了。

「從今天起，誰敢要再和我戀愛，我就踹他！」

「……那踹我吧。」他說。

2003 summer.Sunshine

我曾經說過,不愛了。

熱烈的我,已經在小古身上燒成灰燼;破碎的我,已經在阿良手中排列整齊;最後剩下一張無傷大雅的嘴皮子,偶爾嚷嚷寂寞,偶爾,找一個假想敵,假裝那是愛情。所以,當塔羅牌女郎宣告,此刻的我,有四段關係正在同時進行。怎麼可能!?我在心底冷冷竊笑。

「妳說的四個,哪一個才是對的呢?」我故意問。

「愛裡沒有對錯,這副牌只能描繪狀況,不能判定是非,最終的選擇仍然在妳。不同的選擇將帶妳通往不同的人生課題,每一場戀愛對妳而言,都是一次學習。」

她的眼神像貓一樣深邃,彷彿連我有幾根骨頭,都給看透了。

我被她盯得極不自在,手指開始翻弄桌布。

「……妳的靈魂裡,藏著很深的恐懼。透過愛情,妳將跨越這些恐懼,找到真正的自己。」

她邊說,邊把牌分成四落。「害怕愛與被愛、害怕做自己、害怕承認失敗、也害怕冒險。這就是你,這四段愛情關係,反映出妳性格裡的四種恐懼。」然後,她翻開第一落。

「第　個男人，和妳有著深厚久遠的關係。妳的童年應該很不快樂，被遺棄、被背叛、被忽略、被誤解，因此，妳對世界的認知是支離破碎的。但這個男人會用無條件的愛救贖妳，他會讓妳重新相信：世界是美好的，誰都值得被愛。」她一口氣說完，我的額頭開始滴汗。

接著她繼續翻、翻開第二落。「第二個男人，將引出妳體內的能量。妳有很多框框。很多事情，別人不會限制妳，但妳會先恐嚇自己，什麼都不准、什麼都不可以，直到遇見這個男人。在他身上妳可以盡情延展，妳可能變好，也可能變壞，他是一塊空白的畫布，能承受妳的極限。」不知怎的，我有點希望她不要再往下講了。

「第三個男人，讓妳看見最深處的自己。人有亮面，也有暗面，但妳是一個完美主義者，害怕承認暗面……其實你們的關係比較不像愛情，卻像老師與學生，他的存在，是為了狠狠摧毀妳內在的驕傲，逼妳看清自己真正的形狀。」

「第四個男人，」然後，她皺皺眉，頓了一下，「妳認識他，只是還沒看見他。」

「這是什麼意思？」……我明明不認識什麼第四個男人阿？

「妳和他，來自兩個極端的星球。因為太不同了，即使他已經出現，妳也看不見。」

塔羅女郎意味深長地笑了，那種笑，讓人背脊涼涼的……

「我只能說，眼前有很多未知在等著你們。他很積極、很陽光，會主動打破僵局，自己來找妳，就像童話故事裡面，披荊斬棘救走公主的王子那樣。當他出現的時候，希望妳已經具備足夠的勇氣，願意跟他走，一起展開冒險。」

「可是妳剛剛說，這四段愛情，是同時存在的？」

「是的，是同時存在，但也全都不在。」她吞了吞口水，繼續說，「這全都要怪妳太貪心了。眼前有四條路，但妳一條都沒選，妳怕選了其中任何一條，就會失去其他三條。所以，一直還待在原點。」我像被雷擊中一樣，身子一僵。

「妳的愛情，目前是零分狀態，害怕負分，就會失去獲得正分的機會。所以我才說，希望妳能蓄足勇氣，展開冒險。」

塔羅牌的暗示只到此為止。

那天晚上，我翻來覆去無法安眠，一直在想，第四個男人到底是誰？

2003 summer -winter. Sunshine

等我終於確定第四個男人到底是誰，故事已經發展到結婚生子的階段了。

所以，讓我們倒個帶，回到2003年的夏末。

這男人，叫做Sunshine，他出場的方式果真其貌不揚。

我還記得，那晚大伙兒一起唱歌，他是朋友的朋友，混在朋友的朋友的朋友旁邊，專門唱我最討厭的搖滾重金屬。

「嗨，妳好，我叫Sunshine。」

「你好。」

當晚，我們的對白只有這樣，一點都不辛辣、完全看不出未來。不過，臨走之前，沒車的女生被大家分來分去，數隻數隻之後，我抽中了他，所以他負責要載我回家。

坐男生的車回家，這種事真的沒什麼；但是看到他的野狼傳奇以後，我就不這麼想了。那是一輛充滿台客氣質的重型機車，墨綠色的油缸被漆得極不均勻，一看就知道是自己漆的。而且，呃，墨綠色，擺明想要告訴全世界，車子的主人正在當兵。

「我自己改的，帥吧？」Sunshine發現我正在倒退三步，還以為我是被車子獨特的造型所震懾呢。瞧他得意的，當時，我真的很想跳上別人的車逃之夭夭。不過，天賦異稟的同情心壓下了我的衝動。

之後，好像還有幾次聚會，他也默默混在其中。漸漸地他成為我們這票朋友的固定班底，不管唱歌吃飯還是看電影，他都參一腳。奇怪的是，有時候明明大家都約好了，朋友們卻一個一個晃點，只留下我跟他大眼瞪小眼。而且，這種狀況愈來愈頻繁，頻繁到，讓人不禁懷疑其中有詐。

有一次，我還記得是聖誕節，大伙兒講好要去看魔戒午夜場，不知怎地，到最後卻只剩下我們兩隻。唉，既然來了，就硬著頭皮看吧。那天的氣溫低得不像話，我們一邊盯著螢幕，期待咕嚕吐掉嘴裡那口痰改用丹田說話；一邊猛啃爆米花，保持規律的嘴部運動以擋寒意。

走出電影院的時候，我冷得連呼吸都不能，突然很想念家裡那一窩棉被。但Sunshine還不累，一會兒叫我陪他買菸；等菸抽完，又說他想喝飲料。就這樣，我們花了半小時挑飲料、再花半小時走到摩托車旁，最後我實在受不了了，用牙齒格格格地抗議，「我……要……回家……」

「會冷嗎？」沒想到，Sunshine突然痛改前非，一口氣灌下那瓶磨磨蹭蹭喝不完的飲料。他拉開外套，在胸前讓出一個暖暖的空缺。「胸膛借妳。」

「不……格格……」我傻了，都什麼年代，還耍帥。

「幹嘛不要？」他往前一步，我跟著退後一步。

「就……格格格……就是不……」廢話，難道女生會說好啊好啊再很不要臉地鑽進去嗎，這傢伙真是豬腦袋。

「過來。」他說。

什麼嘛，居然用命令句，他未免也太沒禮貌了，我氣得要命，沒注意到他又往前邁一步，雙手一環，正好把我關進他的外套裡。等我意識到這種姿勢有多親密，氣氛已經尷尬得不宜開口了。好吧、好吧、吸氣、吐氣，我只能猛盯著手指頭，把注意力轉移到別的地方。

我們僵持了至少快十分鐘，停車場裡安安靜靜，我聽著他地震般的心跳聲，到底接下來該怎麼辦呢，誰也不知道。所以，當他拉開外套拉鍊，一邊把我從懷中釋放出來，一邊說，「好了，應該不冷了，可以載妳回家了。」哇塞～當時，我真想替他的臉皮打一座獎盃。

不過，這並不算愛情，頂多能解釋為「擦槍走火未遂」。

對我而言，這個城市已經沒有愛情了，有的，只是短暫的互相取暖而已。

直到跨年的那個晚上，我正在趕稿子，收到一封後續的簡訊。

「我想我喜歡上小貓，因為我心痛了。」發訊人是他，沒頭沒尾的兩句話。

嗯……看來有點麻煩，裝作沒收到好了，我繼續打我的電腦。

「啊哈哈哈……傳錯人了。」隔沒兩分鐘之後又是一通。

這傢伙真的莫名其妙，我惱羞成怒關掉電腦，直接撥電話給他。

「你傳那什麼啊？」

「看不懂嗎？就是，我本來要傳簡訊給朋友，告訴他我喜歡小貓；結果，卻不小心直接傳給小貓；所以，小貓現在已經知道我在喜歡她了。」實在太扯了，誰會相信這種藉口嘛。

「你是不是想泡我？故意用這種方法？」我冷冷地說。

「沒有，我真的傳錯了。」

「騙人。」

「沒騙妳。」

「騙人。」

「真的啦。」

算了，再這樣爭論下去也沒結果，我開始好聲好氣跟他解釋。

「我覺得，目前的我不適合談戀愛，因為我有很多包袱……所以，雖然我也覺得你不錯，很謝謝你這麼抬舉我，能欣賞我的優點，但是，我們真的，呃……不太可能。」我繞了很大的彎，其實只想表達最後那一句：不可能。

「妳剛剛說，妳覺得我不錯。」本來我期待他會掛掉電話回家哭，沒想到他冒出這一句。

「嘎？」

「妳覺得我不錯，所以，妳喜歡我，對嗎？」

總不可能斬釘截鐵說討厭的嘛。「喜歡是喜歡，但是……」

「妳喜歡我，我也喜歡妳，那就沒問題了。」

我的天哪，這個人耳朵是長在腳板嗎？「怎麼可能沒問題呢？我……」

「妳那堆什麼大包袱小包袱的，能拿下來的就拿下來，拿不下來的我來幫你揹。只要互相喜歡，在一起還有什麼問題呢。」他這句話，可真是一竿子打翻所有包袱。

然後我想起小古，想起阿良，真的只要互相喜歡嗎，互相喜歡又怎麼樣呢，有時候，互相喜歡也沒有用的啊。Sunshine說的話太天真了，天真到，讓我很想掉眼淚。有多久沒有簡簡單單去愛了呢。

「怎麼樣?」我似乎沉默太久了,顯然Sunshine並不知道電話這端我在哭。

「……為什麼是我?」在瓜瓜學姊的鋼琴下,阿良說過,愛就是愛,沒有為什麼。

「因為妳在求救啊。從唱歌那次,我就注意到了,在妳身上有一種很乾的寂寞,沒有人游得過去,但是,妳正在發出求救的訊號喔,嗶嗶嗶,我收到了。」眼前的人並不是阿良,我在期待什麼呢,真傻。

「如果我是路邊破破爛爛的葉子,你也愛嗎?」當時,阿良抱著我,把世界隔絕在外。就算是爛蘋果他也照樣愛,他說。

「如果妳是破葉子的話,我就來幫妳加值,看是要拿去做青葉檳榔還是青箭口香糖。啊、對了,做成葉子楣啦,妳是葉子楣的話我就會很愛妳。」這什麼東西嘛,我破涕為笑。

「只要努力,每個人都有被愛的可能,這樣人生才好玩。」聽到我笑了,他愈講愈起勁,中間哇啦哇啦夾雜一堆國父說之類的,結尾一句是,「我想帶妳去經歷各種可能。」

只可惜我反應不夠快,那時候,我還是沒有立刻把他跟塔羅女郎口中的「冒險王子」聯想在一起。

2004 spring.Sunshine

所以我們到底在一起了沒?

老實說我也不那麼了解。

假設是以Sunshine的頭腦來定義的話呢?

Sunshine的世界非常簡單,就算我想拐彎抹腳,最好也別在他面前拐,否則,只會把自己拐到扭傷而已。這麼說吧,暫且不管大包袱小包袱,我想,我們是在一起的。

我的新男朋友Sunshine,標準臭男生。他聽搖滾樂,他玩車,他喜歡大胸部,而且渾身汗臭味。高興的時候跳沙發,不爽的時候就去飆車。到頭來我竟然選擇一個和我相差十萬八千里遠的人,這一切真的太詭異了。

我還記得,有一次在聽他講過去的羅曼史。

他說,他的前女友,是室友的妹妹。那天他約她,沒想到她真的答應了。於是,他帶她去看電影,看完電影,再帶到宿舍頂樓。當時,他們一起看著夜景,月亮又大又圓,氣氛浪漫成這樣,不脫那女生的衣服,實在非常對不起自己。所以,他真的把女生的衣服脫下來,而且,天哪,她的胸部真的好～大!大到他快噴鼻血了……在那種狀況下,任誰都會直接把她吃掉才對;不過,想了一下,Sunshine卻十分君子,把女生的衣服穿回去,只酷酷丟下一句,「以後不要隨便進男生宿舍,很危險。」哇塞,簡直是漫畫裡才會出現的對白。

「那女生一定覺得妳酷斃了。」我是真心誠意地稱讚他。

「沒錯。」瞧他得意的。

「不對啊，」我覺得Sunshine不是這麼善良的人。「你怎麼可能放著大胸部不要？」

「因為，我突然想到室友快回來了，還是留著下次吃比較好。」果然，Sunshine的腦袋裡根本塞不下溫良恭儉讓。「後來，她第二次進我宿舍的時候，就被我吃掉啦。」唉，bad ending，他總有辦法讓我幻想破滅。

因為遇人不淑的關係，我的腦袋也跟著開始退化了。

第一次我們吵架，為了什麼事我記不得了，反正我在生悶氣。可是，一個人坐在那邊悶了很久很久，悶到快睡著了，他卻都沒發現。「哼，」我努力擠出一個字，這對不擅於表達的我來說，真的很難得。不過，Sunshine依舊聽著他的搖滾樂，搖頭晃腦，活像個珍珠奶茶娃娃。

「欸。」我真的快氣炸了，為什麼他沒感覺呢，他的神經是不是全都長在下半身而已呢。

「幹麼？」他還在搖，那首可惡的Linking Park。

「過來一下。」我使盡吃奶的力氣，才能說出這麼多個字。

「喔。」他來了。

然後，我深深深呼吸一口，管他的，豁出去吧，突然跳到沙發上，一個迴旋，再跳到他的背上，像瘋子一樣，一邊揮拳踢腿一邊尖叫，那種感覺，嗯，該怎麼形容呢，我變年輕了

「妳在生氣嗎？」Sunshine長得像大樹一樣高，我打到快虛脫了，他還是如如不動。

「對。」此刻，我坐在沙發上氣喘吁吁。已經沒有那麼氣了。

「為什麼不告訴我？」

「說不出來。」滴答滴答滴答，所有委屈瞬間從眼睛湧出來，我倔強地抹掉眼淚。

「很痛嗎？」他拎起我腫得像饅頭的手，在嘴邊吹氣，這實在有點好笑，明明是我打他啊。

「痛。」這是唯一的解決辦法。我痛、痛得心臟快停止了，但我表達不出來，所以打在他身上，讓他也能感覺到，我有這麼痛。

當我的腦袋開始退化，我的表達能力就進化了。

已經有好一陣子，我只會寫而已。但是和Sunshine在一起之後，我開始能夠說、能夠吼、能夠紮紮實實地去感覺空氣和太陽。剛開始只說一個字，慢慢地變成一句話，最後竟然可以像立法院裡面那些人那樣珠連炮射。

終於，我又活過來，把成長過程逐漸關上的窗，一扇一扇重新打開。

是甜的怎麼可能會發酸
是你的怎麼可能變成別人的
是真愛就不會有賞味期限
是水蜜桃就不會是鳳梨罐頭

你的電光石火不是他的擦槍走火
你的情深意動不是他的雲淡風輕
你的美夢不是他喘不過氣的現實
你的未來不是他即時行樂的現在

你愛得勇敢 你愛得簡單
你愛得兩眼全閉 你愛得醒不過來
然後你相信愛 你得永生
所以你相信愛 你得永生

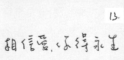

13.

相信愛，你得永生

Sunshine的頭號情敵,是我的工作。

我本來就是工作狂,如果不給我事情做,我就會在原地打轉直到地板起火為止。自從在廣告公司當文案之後,這種狀況更是變本加厲了,工作時間常常是:星期四AM4:00下班、星期五AM5:00下班、星期六AM6:00下班、星期日沒有下班,直接接到星期一。

我喜歡忙,忙得呼天搶地,忙得歇斯底里,可惜這種人生至樂,Sunshine完全無法體會。

「妳知道,只有笨蛋才會在下班時間工作。」他把烤好的吐司擺在我們中間。

「怎麼說?」我一邊翻雜誌,一邊在想明天要交的slogan。

「因為這表示他上班的時候不夠認真,所以做不完。」

「是嗎?可是,有些事情永遠做不完的喔。」我已經翻完一本雜誌,又翻另一本。

「哼~這世界上有什麼事我做不完?」Sunshine像在表演馬戲團那樣,把吐司翻過來翻過去,刷刷刷,草莓口味、花生口味、鳳梨口味,三種不同顏色的吐司瞬間在桌上排隊躺好。

「比如說戀愛,」我撕一角吐司邊起來嚼。「你能規定自己一天戀愛幾小時嗎?不行對吧。同樣的,我也不能控制自己一天工作多久,連作夢都沒辦法停下來呢。」

「不會啊，」Sunshine咧嘴一笑，露出嘲諷的神情。「我看妳很能控制我們戀愛的時間嘛，大概只有在病到不能工作的時候，才會輪到我。」

這麼說實在太不公平了。只要Sunshine軍隊放假，即使必須加班到半夜，我也是一下班，馬上坐計程車殺到他面前的呀。我嘟噥著嘴，不理會他的挑釁。

「妳還記得我們第一次正式約會吧？」

當然記得。那天公司剛結束一個盛大的案子，為了平衡身心，特別需要一場盛大的狂歡，所以，我約了Sunshine，還誇下海口要征服整條通化街的小吃。誰知，可能因為突然鬆懈的關係吧，才吃掉半條烤玉米，我就胃痛到昏倒，被Sunshine扛到台北長庚掛急診。

「是在急診室度過的記得吧？」記得啦。我瞪他一眼，愛翻舊帳的傢伙。

「第二次約會也記得嗎？」Sunshine看我默認了，又趁勝追擊搬出第二攤。

第二次約會，超扯。那天我的靈感掛蛋，截稿期限卻迫在眉睫。最後，只好硬著頭皮寫出自己也覺得不行的東西。這篇稿子，我的主管只瞄一眼，就從窗口丟出去了。「這種東西給行道樹看好了。」雖然早有預感會被退稿，卻沒想到是從五樓給退到一樓，我哭著跑下樓撿稿子，正好撞到在等我下班的Sunshine。「你們公司，喜歡亂丟垃圾的啊。」他捧著我的稿子，東翻西翻。噢對耶，我這才想起來，晚上跟Sunshine好像有約呢……於是，那天我們的約會再度泡湯，Sunshine陪我擠了一晚的腦汁。

我還記得，好像是要寫出有關小朋友口袋髒汙的好故事吧。

Sunshine為了幫我，打了一整晚電話，四處徵詢他的親友團，結果找到幾個沒辦法用的，像是：他媽媽小時候曾經把妹妹的圍兜兜拿來擦便便，再塞進口袋；還有他國小三年級的表弟，會把午餐吃剩的雞排放口袋，下午再拿出來啃。

至於Sunshine自己呢，他說，小時候的事他不記得了，但他記得上一次分手，女朋友把手伸進他口袋取暖，溫度忘記帶走。

真的嗎？當時，我們就坐在大安森林公園的秋千上，我把手伸進他口袋，也想試試他前女友的溫度，咦，結果，當場找出一包菸。噢對了，他又說，有一次，菸抽得兇了，菸屁股居然在口袋裡著火。

「在想妳有多對不起我嗎？」Sunshine拿吐司邊敲敲我的腦袋。

「怎麼可能。」我把吐司邊搶過來塞進嘴裡。

仔細想想，我跟Sunshine已經交往好幾個月了，的確從來沒有好好約過會。

第三次約會，本來說要去看電影；但是等我下班，已經是凌晨四點的事了。那天我還真不死心，特地坐計程車到他家樓下，打電話要他開門。結果呢，他老兄早就睡到地心去了，幾十通電話也吵不醒，最後，我連回家也懶，乾脆躺在他的摩托車上睡著。

嗯，這麼說來，第三次應該只能算是跟他的摩托車約會而已。

至於第四次約會呢，我抬頭看看滿嘴麵包屑的他，那就是現在了。

「看不出來你會做早餐耶。」吃飽了，伸個懶腰，我看向窗外，貪心地大口呼吸。Sunshine的家位在民生東路，蒼鬱的樹街，有鳥聲，有晨跑老伯伯，還有牽手散

步的老夫婦。來到這裡，就像是走進城市的黑洞，所有高速運轉的神經，都在瞬間緩慢下來。

「別高興得太早，美食是有代價的。我爸交代，等一下要幫他洗車。」難得的星期假日，難得的好心情，叫我幹嘛都可以。

於是，他捧水桶我拿抹布，兩個人一前一後咚咚咚地下樓，在樹下洗車。

空氣中，每一束流轉的金色陽光，都讓我覺得不可思議，從沒想過，有一天，我也可以這麼簡簡單單生活著。冷水潑溼了我的鞋，我只好赤腳跳到Sunshine背上，讓他揹著我洗車。

「幹麼每次都要我揹妳？」他抗議。

「讓你練習啊，如果有一天我老了，中風了……」

「神經病。」他青我一眼。

「欸，你有沒有覺得，有一種說不出來的感覺？」在他背上閒閒沒事，我開始胡思亂想。

「什麼感覺？」

「不知道……我正在找字眼形容，但是，用『幸福』好像還不夠。」職業病。

「別想啦，想不到的。」

「你又知道？」

「因為，真正的幸福，享受都來不及了，哪有時間去形容呢。」

他這個人，沒情調是沒情調，但講的話常常一矢中的。

「如果真的覺得幸福，就辭職吧。」隔了許久，他突然説。

唉，來了。

果然，有許多事，還是沒辦法共存的。

14.

小幸福

像支小船流浪你的臂彎
你是海洋啊想我的呼喊
池一地的晨光　灑進來
Hi, good morning 我的愛

過了今夜 沒有你就真是孤單
我要把心遙對面到下一次你來
不管過去荒誕未來零散只記住現在
用小小的幸福　掃大大的陰霾

2004 spring.Sunshine

「你知道嗎？我很愛廣告。」

「我知道，就是因為妳太愛了，所以我不得不把廣告當成一個情敵來處理。」

「太可笑了……你有什麼權力禁止我工作？」

「我是沒有權力啊。阿良是妳的老公，小古是妳的情人，而我只是妳的玩具兵。」Sunshine的口氣有點酸，「大ㄅㄚ情敵我管不起，就連妳的工作我都比不過。」

這個世界上，當然也有Sunshine照不到的地方。這就是當初我所謂的包袱。

有時候我被他逼急了，就會開始後悔，也許，我早該放棄，回到原本一塌糊塗的沼澤？

「我沒有辦法。」我虛弱地回答。

「不試怎麼知道不行？」

「你只看見我的表面。」我有太多情緒，這些重量平均分攤在阿良或小古或廣告身上，一但抽掉任何一塊，我怕，怕Sunshine根本承受不起。

「那就讓我看見真正的妳啊。」他愈是不怕，我愈想隱藏。事實上是，我會忌妒、會在乎、會痛苦，我不願脫掉Cinderella的玻璃鞋，寧可成為一袛假象，談一場童話般的戀愛就好。

「真正的我，很灰。」很羨慕他總是清清楚楚，能將愛情領域切割得如此乾淨。但是，我卻永遠活得像一場災難。混亂。我把桌上的食物床上的棉被全都翻倒，賭氣地說，「你根本不知道，那些故事！」

沒想到他溫柔地把食物棉被撿回來。

「我不需要知道，因為我們可以創造新的故事。」

是的，他真的不懂，他有一個爸爸一個媽媽整潔美滿又安康，因為不懂所以他才這麼說。看著他天真的眼神，有幾秒鐘我真的想投降，但往事卻排山倒海，淹沒我輕舉妄動的觸角，不對、不對，不可能愛了。「算了！」我大吼，「從今天起，誰敢再和我戀愛，我就踹他！」

「那踹我吧。」說他笨也好，但他一直沒有放棄過。

也因此，有一天，當那個包袱無聲無息落地的時候，我們都沒發現。

這天，小古的女兒滿月，說好要拿油飯給我，順便一起吃晚餐。

直到上了他的車，我才發現情況不對，因為小古才剛拿到駕照，根本也是路痴一隻，果然車子並沒有朝市區的方向開，而是一路開到北海岸。「喔噢，有點迷路耶。」結果我們的晚餐泡湯了，只能在路邊便利商店隨便買幾罐啤酒。

就這樣，海風，啤酒，電子迷幻樂，我們兩個歷盡滄桑的老人家，坐在深夜的河堤聊天。

「沒想到已經當爸爸了，我根本還沒準備好哩。」小古感嘆地説。

「天下哪一個父母，生孩子的時候已經準備好的呢。」我笑他。「放心，那種沒辦法的錯誤，妳女兒長大以後漸漸會懂的。」……就像我已經漸漸懂了母親那樣。

「可是，我不知道要教她玩什麼好。」

「玩？玩不用你教啦！她教你還差不多。」

我們東一句西一句地閒扯，漸漸地，小古愈來愈靠近、愈來愈靠近……他的氣息在我耳鬢跳舞，不知怎麼回事，我的腦中竟然閃過Sunshine煞風景的白痴笑臉。

「你知道，我交了一個新的男朋友。」我躲開他的嘴唇，把臉埋到他左邊胸膛，聽見他的心跳聲，篤篤，篤篤，這個人，曾經是我最愛的人，愛到即使死掉也沒關係。

「知道啊，冰淇淋的冰淇淋。」小古的意思是，小貓是小古的飯後甜點；而Sun-shine則是小貓的飯後甜點。他沒有停止動作，嘴唇繼續在我的髮間尋找。但是，小貓可是Sunshine的全部呢，這樣公平嗎。愛情哪有什麼公不公平的呢。此刻，小古正吻過我的肩膀，嘴唇像一朵蝴蝶停在鎖骨上。

「給我一個小孩。」然後我説。

「什麼？」他的呼吸急促，眼神迷茫。

「可不可以，給我一個小孩。」如果有一個小小古，在我體內長大，我就不再計較公不公平，我將會永遠記得，自己曾經很愛很愛一個人，即使愛到死掉也沒關係。

小古身體一僵，突然將我推開。「妳在開什麼玩笑！」

「就是開玩笑嘛。」我傻笑，送他一個鬼臉。

「一點都不好笑……你不知道這樣會讓男人冷掉嗎？」他起身，我趕緊跟上去。回到車裡，他發動引擎，我默默不語。這一次我們沒有迷路，非常精準地開回台北。

「到了。」他送我到巷口。

「過來一下。」下車前，我微笑地說。

「幹嘛？」他靠過來了，然後，我非常非常優雅地，朝他的肩膀狠狠咬一口。應該有到流血的程度吧。他痛得彈起來，「妳幹嘛！？」

我沒有說話，依舊保持微笑，打開車門，走出車子，甩上車門，頭也不回。

我一直走、一直走，本來以為會是一條永遠也走不完的巷子，但是不知不覺間，巷子到底了，該右轉了，我的眼淚無聲滑落，該向過去說再見了，雖然那曾經是一個，很愛很愛、愛到即使死掉也沒關係的男人。

那年春天，神奇玩具兵Sunshine，小兵斬大將，消滅了我的第一個包袱。

不過，這還只是Sunshine的一小步，他心裡盤算的革命行動，在四月左右才真正展開。

那一天，我坐在電視機前面啃蘋果，突然看見阿扁總統被槍殺、總統府進入戒嚴狀態的消息，當場嚇得手一鬆，被蘋果砸到腳。為什麼這麼震驚呢，因為Sunshine正好是總統府的憲兵啊。連續好多天，抗議群眾像螞蟻那樣不斷湧入總統府，我真擔心他會在兵荒馬亂中被打成重傷。

「還好嗎？」我一邊緊盯電視上任何有關總統府的新聞，一邊傳簡訊給他。

「不太好，沒得睡了，不知道明天會怎樣。」他回。

「那怎麼辦？」我急得快哭了。

「那我們結婚吧。」盯著他牛頭不對馬嘴的簡訊，得承認，當時我真的被感動了。

因為不知道明天世界會怎麼樣，所以就結婚吧。「好。」那時候我這麼回答。

但是我忘了，其實就算結婚，也不能改變明天的世界。

隨著阿扁槍擊事件的降溫，我逐漸忘記我的承諾。等下一次他放假回來，我是打死也不肯承認，自己曾經說過這麼蠢的話了。當然，Sunshine可是世界上永垂不朽的太陽呢，才沒有那麼輕易被打倒。

那陣子他們家在整修，有一天Sunshine找我一起油漆房間，我一口就答應了。於是，他負責跨在高高的梯子上漆著天花板，我則負責蹲在地上調漆，我們聽著輕快的音樂，偶爾隨地塗鴉，偶爾打打鬧鬧。「欸，」然後他突然開口，「如果我們有小孩的話，就結婚吧。」

我抬起頭，盯著滿臉油漆的他，陽光從窗外灑進來，那一瞬間，我還以為見到耶穌。

結果呢，結果我沒有回答，只是慢慢慢慢走過去，把耶穌的褲子拉下來。

我和Sunshine瘋狂地追打起來，他把我高高舉在半空中，我又笑又叫，用油漆潑得他滿屁股。到最後，兩個人裸身躺在地上，房間已經毀了，熱情才剛開始，我用指尖輕輕刮過他的肌肉，那是一匹馬，原始而狂野，有汗水的味道；他吻著我，像在親吻女神。我們在油漆上翻滾，就在激情最高漲的時刻，他突然迸出一句話。「嫁給我。」他停下來。

「什麼？」但是我停不下來。

「不答應就不進去。」天哪，這是我這輩子聽過最下流的求婚。

2004 summer.Sunshine

那天，我拉著Sunshine陪我去婦產科，一路，他都像個做錯事的小孩，緊跟在我屁股後面。曾經有人說，男人無論平常再怎麼意氣風發，只要見到婦產科醫生，就會像小癟三見到包大人一樣乖順。現在我總算相信了。

看完我的驗孕報告，醫生直接問一句，「什麼時候退伍？」

「嗄？」不虧是包大人醫生，一眼就摸透Sunshine的底。

「明年四……四月。」Sunshine從頭到尾都盯著地板，跟自己的鞋子說話。

「哦？那剛好，退伍當爸爸。」醫生把報告交在Sunshine手中，就像在交帳單一樣。

是啊，該買帳啦，Sunshine這下子閃耀不起來了吧。我側頭看著他，沒想到，他卻送我一朵三八兮兮的笑容，「嘿嘿，結婚吧。」他眨眨眼睛。

然後醫生指示我們走進超音波室，從頭到尾，Sunshine都牽著我的手。當我躺上檢查的病床，他湊近我耳邊，深情款款地說，「住我家，我養妳。」這句話卻突然敲醒了我。

結婚的話，是得住進他家、是得放棄工作讓他養。好不容易逃離了父母，我幹嘛笨到再找去一對父母呢；況且我並不想被養啊，我喜歡工作。

「不要。」我低聲說。

「為什麼？」他有點生氣。

「就是不要。」然後我們愈來愈大聲。

「難道妳要拿掉嗎？」接著，兩個人就在醫生面前吵起來了。

是啊，還是乾脆拿掉呢？寶寶跟我的家人我的工作比起來，哪個重要呢？想要拿掉小孩的念頭瞬間閃進我的腦海。直到超音波探測器架好，我們都聽見了，那來自天使的心跳。

篤篤、篤篤、篤篤……

是一種足以溶化全世界的聲音。

小小的，很努力，一下一下，單純想要長大。

「呼叫媽媽，呼叫媽媽，要保護我喔。」翻譯成中文的話大概是這樣。

於是我的眼框突然被淚水佔滿，沒有原因，只想捍衛他。

「絕對不要拿掉。」

我小心翼翼捧著明明還扁扁的肚子，抬起頭，斬釘截鐵看向Sunshine，「但是也不要結婚。」

我不能把未來，賭在這個還很陌生的男人身上。

Sunshine氣瘋了。

2004 summer.Sunshine

「如果，你的人生只剩下六分鐘，最想做什麼？」我曾這麼問他。

「我想被F罩杯的胸部淹沒。」Sunshine想都沒想就回答。

「那你知不知道，一根菸，會減少一個人六分鐘的壽命。」雖然不太滿意他的答案，不過我還是勉強接下去說，「少抽幾根菸，你可以多被F罩杯的胸部淹沒好幾次。」

「哦？」Sunshine眼睛一亮，這下總算被打動了，「等我們有了小孩，我就戒菸。」他說。

但是現在，我真的懷孕了，Sunshine願意戒菸了嗎？當然沒有。

有一次他下樓去倒個垃圾，倒了快半小時，上樓的時候渾身菸味，用膝蓋想也知道剛剛幹了什麼好事。「你去哪？」我臭個臉。

「去倒垃圾啊。」他裝作若無其事，「倒垃圾真是個好差事，有助於思考人生的意義。」

「你……」我氣得隨手抓起人家送給baby的小鞋子，「你有種，就對著兒子的鞋發誓，說你剛剛沒有抽菸！」

結果他還真的煞有介事，把兒子的小鞋子拿起來，再摔到地上。鞋子一正一反。

「聖杯！」他說，「看吧，兒子站在我這邊。」

這樣的一個男人，我怎麼可能答應嫁給他呢。

所以，此時此刻，當我坐在摩托車後座，又聽他提起結婚的事，只能裝作沒聽到。

「欸！」風有點大，他講話得用吼的。「我媽說，你應該搬去我們家住，她已經打算從廚房退位了。」開玩笑，我這輩子唯一會做的菜，只有減肥餐，廚房讓給我幹嘛。

「我在講話，妳沒聽到嗎？」

我自顧自地唱歌，沒有理他。

「不要再唱了啦，妳再唱，就下車。」

我繼續唱，繼續唱，不想停下來。結果他好像生氣了，把車停在路邊。「下車！」

下車就下車，這個男人莫名其妙。

他大概沒料到我會真的下車吧，也傻了。

那天晚上，雨很大，Sunshine不知哪來的脾氣，居然用力推了我一把，當時我已經懷孕四個月，一個重心不穩，跌坐到地上，剛買的畫具散了一地，顏料倒出來，把馬路弄得五顏六色。

什麼嘛，我是孕婦耶，這樣推我，要是寶寶受傷怎麼辦！頓時血氣衝到腦門，我像企鵝那樣搖搖晃晃地站起來，費了九牛二虎之力把他的摩托車推倒，還把他的安全帽拔下來，浸到髒髒的水漥裡。從頭到尾，Sunshine都乖乖站著不敢再動，大概也知道自己做錯了吧。

哼，孕婦可不是好惹的。

然後，我走到路邊招計程車，頭也不回地走掉。

一回到家，我開始向阿良還有妹妹告狀。

「他居然推我！」我哭得梨花帶淚，「我才不要嫁給他。」

「真的嗎？太過分了。」妹妹不敢相信，Sunshine竟是一個有暴力傾向的男人。

「我最最最生氣的時候，也不會打人。」阿良說。

「那你會怎麼做？」妹妹好奇地問。

「我會把一張A4的紙，撕成一半，重疊再撕成一半，重疊再撕成一半……直到撕不動為止。」

「這樣可以洩憤嗎？」妹妹臉上出現三條線。

「可以啊,到後來真的很難撕,要用很多很多力氣。等到力氣用光了,就不氣了。」

「你好變態。」這是妹妹最後的結論。

「欸,重點是我啦!」他們自己聊得很高興,完全忘記在一旁肝腸寸斷的我。「我不要嫁!」

「放心,有暴力傾向的男人,我們也不會讓妳嫁。」阿良向我保證。

「可是,他們那邊已經知道我有小孩了,怎麼可能不用嫁?」其實我心裡還是很怕。

「對呀,而且,依據法律,小孩有一半是他們的,妳想逃也逃不掉……」妹妹開始沉思。

「我不要,小孩是我的!」這是我的寶寶,我才不要把他送給有暴力傾向的爸爸。

「乾脆……跟他們說,小孩其實是我的?」阿良笑嘻嘻地提議。

「我們搬家好了,讓他找不到人。」妹妹也說。

於是,我們開始打包,舉家遷徙。一夕之間,我的手機換了、地址換了、人也離職。

然後，Sunshine真的從我生活中消失了，消失得很不自然。要不是肚子一天一天隆起，我甚至不敢確定，自己曾經愛過這個人。

那一段日子，我的生活並不孤單，白天，我看展覽、畫畫、寫作；到了晚上，阿良下班妹妹下課，全家就一起去看電影、逛夜市、看夜景。只是，再怎麼開心，總覺得有點遺憾，偶爾摸摸肚子跟寶寶講話的時候，會想起Sunshine。

「如果有小孩的話，就結婚。」記憶裡，他的笑容真的好陽光，我想，我的世界從那一刻起，就因為極度幸福而停止運轉了。停了。只留下一股陽光般的溫度，住在我的身體裡，支撐後來的每一天。

也不是沒想過，只要按下撥出鍵，就可以再見到他。

但是，見到了又怎麼樣呢，我們本來就不同世界，一開始選擇在一起，註定是要互相折磨的。現在這樣也好，我有妹妹、有阿良、還有寶寶。而Sunshine呢，我相信以他的個性，在地球上任何一個地方都能健康快樂。有一天，他會遇見一個價值觀和他一樣的女人，他們會生一打小孩，然後他就能把我忘了。

塔羅女郎說對了，第四個男人，要帶我去的地方，遠得無法想像。我摸摸肚子。無法想像。

現在的我，不堅強，也不勇敢，只是很愛寶寶，所以繼續呼吸、呼吸、呼吸……

我要給他全世界。

打開浴室的門　看見兒子的牙刷
寂寞的躺在水槽裏睡著
幻想你在刷牙　幻想你在微笑
幻想我會得到一丁睡前的擁抱

左刷刷右刷刷
左刷刷右刷刷
左刷刷右刷刷牙

15. 刷牙

關上浴室的門　拿著你的牙刷　　　你教我刷牙　刷刷刷牙
寂寞的躺在沙發上睡著　　　　鏡子前摟著我的腰　刷刷刷牙
夢見你在刷牙　夢見你會回家　　　寧願不說話　刷刷刷牙
夢見我們還在一起還未沒有吵架　不說話不吵架安靜等你回家

2004 fall.Sunshine

本來以為，再也不會遇見這個人了，直到⋯⋯

那陣子我們剛搬家，粉刷工作如火如荼進行著，這天，我去B&Q採買不夠的漆料，扛著油漆準備回家的時候，肩膀突然給拍了一下。一抬頭，居然是Sunshine！

我渾身遭受電擊般，僵了。

「上車。」他說。

那一瞬間，我不是我，所以沒法說話、沒法逃走、也沒法不上車。所有逞強都瓦解了，喀啦喀拉，城牆倒塌，喀拉喀拉，世界的齒輪又開始運轉，原來我在等他出現，一直在等。

他往我家的方向行駛，似乎很熟練。

「你怎麼知道我家？」

「問妳同事的啊。真是，搬家也不講一聲。」他咕噥，「還有啊，妳的手機被停話了，快快去繳錢啦。」我不懂，他怎麼可以這麼若無其事。

「你不知道我們在吵架嗎？」

「我們有吵架嗎？」

「當然有！」

「什麼時候的事？」

「上次在市民大道，你叫我下車。」

「……那樣算吵架嗎？」

我的臉已經綠了。

「……後來妳走了，然後我就回部隊啦。」Sunshine很認真地開始回想。

「可是已經過了兩個月，整整兩個月你都沒放假嗎？」

「有啊，我有打給妳，結果不通，我還以為，妳忘了繳錢。」

「所以呢？」

「所以我又回部隊了。」

「然後呢？」

「然後妳還是沒復話呀。」

紅燈了,我有跳車的衝動。

「昨天部隊放假,我去妳公司找妳,公司同事跟我講妳的新地址……」

哼哼,看來我一點都不難找嘛。

「我要下車。」我冷冷地説。

「又來了,別鬧啦。」

「你不停車,我就跳車。」我威脅他。

沒想到,他一聽我要跳車,居然加速油門,飆到80……我氣不過,整個人站起來,把肥肥的左腳跨到右邊跟右腳一起,然後,馬路上大家都可以看到,一個孕婦正在表演摩托車特技。

「妳、妳坐好啦!」他緊張得,車頭左搖右晃。

「我不要!我不要結婚!」我大喊。

「我們去找阿良,如果阿良也説不要結婚,就不要結,好不好?」

阿良巴不得我們不結,Sunshine這個蠢蛋。「當然好。」

於是，這一次，回到家的時候，我帶了三罐油漆、跟一個男人。

當時阿良正在油漆，妹妹正在擦地，他們兩個人同時轉頭看我，愣住了。

後來的狀況其實有點尷尬，Sunshine自己開了場，希望阿良居中調解，但是阿良才懶得理他，一直專心漆著牆壁。「欸，阿良，你理他一下啦。」連我都看不下去了。

「我哪知道？你們的事，自己搞定。」阿良還是很酷。

「小貓別吵，我正在跟阿良溝通。」Sunshine說。

「你罵她幹嘛？她有自己的想法，她每一個想法，我都挺到底！」結果阿良罵回去。

「阿良，你不要對Sunshine兇！」我也兇阿良。

眼前已經是狗咬尾巴沒完沒了的局勢，妹妹最無辜了，完全插不上話。

喀擦喀擦！

結果我們三個同時回頭，看見妹妹正拿著她的單眼相機猛拍。

喔，補充一下，妹妹念攝影系，每次遇到混亂的時候，就會把自己抽離出來，假裝自己是外星人，正在幫地球人拍照。

「我要去吃晚餐了。」阿良説。

「我也要去。」妹妹跟著説。

「妳呢？你要不要結婚？」Sunshine被我們一家瘋子搞得很狼狽。

「不要。」我説。

「好吧，那就這樣吧。」Sunshine無力地身體一癱，光環消失了，取而代之的是深黑色的寂寞。原來太陽也有不能發光的時候。「我走了。」這些包袱他扛不起，所以他要放棄了，如果連太陽都會失溫，還有什麼可以永恆的呢。我彷彿被丟回冰冷的黑洞，永世不得超生。

然後，Sunshine走了。這一次是真的走了。

等到大門關上，我的淚水便抑制不住地墜跌。看到一個大腹便便的女人，蹲在橘色房間的小小角落哭，房間只漆一半，空曠又冷清。妹妹又喀擦喀擦拍了好幾張。

「不要再拍了好嗎？」我用濃濃的鼻音抗議。

「要不要去吃飯?」阿良還在講吃飯的事。我抬起頭,看著阿良,不懂他為什麼還能笑。

「你是不是覺得,我一點都不愛Sunshine?」我問阿良。

「不是。」然後阿良不笑了。「我只是覺得,我當初放手,讓妳去,是希望這樣妳會快樂。但是,我看到的妳一點都不快樂,我不知道還能怎麼做。」他的聲音有點哽咽,但是馬上用咳嗽掩飾過去,「好餓啊,我要去吃飯了,妹去不去?」

「去。」妹開始收相機。「姊去不去?」

「我不去,讓我靜一靜。」我把他們趕出去,留自己、和寶寶,靜一靜。

嗶嗶。嗶嗶。半個小時後,簡訊響起。

「我剛剛打電話給我媽,她說我們婚後住外面沒關係。工作也隨妳高興。」是Sunshine。

他天真的以為,只要一個問題解決,就是解決了。但根本不只是這樣,我們背景不同、個性不同,一但結婚,類似的問題還是會不斷上演。於是我回傳簡訊給他:

「我希望你能找到對的人,過得很幸福,但那個人不是我。至於寶寶,放心我會好好愛他。」

「開門！我要上樓大便！」接著他又傳。

這傢伙每次都用這一招，我本來不想理他，直到，第三封簡訊跟著傳來。

「如果要我幸福，就讓我大個便。」然後我再也無法遏止地狂笑出聲。

我開門以後，他真的有上來大便嗎？當然沒有。

他當場跪在樓梯口大喊，「小貓小姐，妳願意嫁給我嗎？」由於聲音太大，隔壁幾個八卦婆婆紛紛探頭出來。「妳不答應，我就不起來啦！」他喊得很高興，我卻終於明白什麼叫做丟臉丟到「家」。

「我答應，你不要再鬧了……」

唉。當時一心只想先把這瘋子帶回去再說，沒想到這一答應，就再也不能反悔了。

冬天來了,我住進Sunshine家實習。

實習怎麼當一個老婆嗎?

不,是讓他實習怎麼當一個老公。

有點像是試婚的關係,我們講好,這是一場無限延長的試婚,磨到雙方都覺得可以了,才結婚。聽起來不錯吧,可惜試婚的第一天晚上,就出事了。

那天半夜,我突然很想吃豆花。孕婦最麻煩了,要吃的東西如果沒吃到,就會痛苦得翻腸攪肚。想當初,不管我想吃什麼,只要使個眼色,阿良跟妹妹就會默契十足地馬上買來;想現在,Sunshine卻叫也叫不醒,睡得四腳朝天。

我推他,他不醒;我捏他,他也不醒;所以我把他踹下床。

掉到床下的Sunshine,終於醒了,他睡眼惺忪地問,「怎麼了?」

「我想吃豆花。」我説。

「開什麼玩笑!有哪個女人敢叫我去幫她買豆花!還在半夜?」Sunshine簡直不敢置信。

「但肚子就是很想吃嘛,不吃不行。」我嘟著嘴説。

「妳乖乖睡，搞不好會夢到自己正在吃豆花。」他說完這句，翻個身，繼續睡他的。

太過分了，我記得剛認識Sunshine的時候，明明不是這樣的。那天也是半夜，我們在華納威秀看電影……我想，那時候就算叫他買UFO給我，他也會願意吧。

什麼時候開始，他對我不再呵護了呢？

我們的愛情就一朵玫瑰，玫瑰本來在院子裡盛開著，有一天，Sunshine將她摘下來，帶回家了。然後她就漸漸枯萎、漸漸枯萎……不，我不要看到玫瑰枯萎，我寧可在玫瑰還沒枯萎之前，就把玫瑰毀滅。

所以這一次，我跑到廁所牽蓮澎頭，冷水直往他身上灑，Sunshine溼淋淋地從床上跳起來！「妳瘋啦！？」他頂著熊貓眼，狠狠盯著我。

「我……我想跟你說一個玫瑰的故事。」我怯怯地說。

然後，我能感覺從Sunshine眼睛裡冒出殺人般的火光。

「妳夢遊啊？大半夜的，什麼玫瑰什麼豆花嘛！我受夠妳了！」說完，她把我推出房門，啪地門鎖上，「妳自己去客廳慢慢遊，我要睡覺。」

結果，試婚的第一天，我就被趕出他的房間，無處可去。

凌晨三點多，我捧著七個月大的肚子，一個人在台北街頭找豆花店，馬路實在太黑了，我走著走著，不知怎地跌了一跤。醒來的時候，人已經在醫院。

一睜開眼，就有一碗豆花送到我面前，原來是Sunshine。他的表情，焦急裡混雜著內疚。

在Sunshine旁邊，站著妹妹、阿良、還有Sunshine的爸爸、媽媽。

「大家怎麼了？」我掙扎著要起身吃豆花。

「醫生說是急迫性早產。」妹妹壓住我的肩膀，

「妳不能起來，現在開始只能平躺。」

什麼是急迫性早產呢，就是，由於子宮不正常地強烈收縮，寶寶隨時有出來的可能。為了減緩子宮的壓力，必須打安胎的點滴，還有，一直平躺。

可千萬不要小看這句話的威力。

因為，真的，從那時候起連續兩個月，我都躺在床上不准起來。包括吃飯刷牙大號小號。

那種日子，真是求生不得求死不能。因為一直打點滴的關係，不但會心悸、發抖、皮膚過敏，而且幾乎每隔兩個小時就想上廁所。我最無法忍受的，就是看到Sunshine嘻皮笑臉地拿著尿盆過來，幫我如廁。每一次，我都可以聽見，自尊被高跟鞋踩過的聲音。

其實，從頭到尾Sunshine都沒有埋怨，是我自己很緊張，緊張得上不出來。

到後來，他居然發明了「噓噓歌」，鼓勵我上廁所，讓我哭笑不得。

有一天，我像往常那樣上廁所，Sunshine也像往常那樣，一邊幫我沖洗，一邊哼著噓噓歌，我突然想起小古和他老婆的故事：小古和老婆交往五年後的某一天，他們去逛夜市。那天，逛著逛著，他突然想要抓屁股，伸手一抓，卻抓到老婆的手。從那時候起，他知道他們可以結婚了，因為這個女人，已經成為他生活中的一部分；她的存在，已經自然而然到，他甚至無法察覺的地步。

「我們結婚吧。」然後我突然說。

Sunshine拿著尿盆，呆在那裡，像笨蛋一樣傻傻笑起來。

出院後的這一天，2月21日，我和Sunshine決定結婚了。往區公所辦理結婚登記的
路上，摩托車迎風狂飆，那些曾經令人快樂悲傷的片段，一幕一幕，飛逝而過。

我興奮地尖叫，打電話給妹妹。「我們要結婚了喔！快點阻止我！我一定
會後悔！」

「確定了嗎？我可以去拍嗎？阿良知道了嗎？」妹妹很驚訝，一連丟來三個問號。

「……還不知道，我正要打給他。」

「真的要打給他嗎……他會不會受不了……」然後妹妹開始擔心。

「還是不要打？」我也跟著陷入苦思。

「不行啦，那更糟糕……」

最後，我硬著頭皮，撥了這通尷尬的電話。

「我……我要結婚了。」想了各種開場白，還是想不出一句好。

「……什麼時候？」阿良沉默了許久，聽不出情緒。

「現在正往區公所的路上。」風一直吹，好像有什麼溼溼的，滑過我的臉頰往後
飛去。

不可以説不捨，即使真的捨不得。我提醒自己。

從我決定放開他的手，那一刻起，就沒有資格再惦著他。

我握著話筒，靜靜流淚。

電話那端，他很安靜，我想他也在哭。

「女孩，為什麼哭泣，難道心中，藏著不如意……」

遇見他的那一天，天空的顏色和今天差不多。那年我16歲，他酷酷地經過我，酷酷地彈著吉他，誰也沒想到，這首歌會在我們心裡，一彈彈了10年。

「快中午了，要記得去吃午飯。」結果阿良説。

「嗯。」然後他掛了線。

「怎麼啦？」Sunshine問。

「沒事。」我抹掉眼淚。藍天可鑑，空氣溫柔。

「我愛你。」我小小聲地咕噥，從背後抱著Sunshine，抱得很緊很緊。

陽光透過窗 灑在你的臉上
構成一道幸福的天光
當你說嫁給我吧

盯著腳指甲 我突然也一啞巴
我的心跳怎麼不聽話
眼睛怎麼痛答痛答

你牽起我的手說
出發 到很遠的地方
無所謂方向 為幸福就在你的手掌
不怕 我不怕

抓緊了就要出發 到很遠的地方
旅程很漫長 要用一輩子才能抵達
不放 我不放

16.
出發

後記

完成了，終於。

最後，我想說一個故事。

很久很久以前，有一個女孩，活著，愛著，唱著，寫著，直覺而簡單的。當時她曾經說過，「要寫一本音樂創作小說」。不知不覺十年過去了，一路上，有人和她發生故事，有人與她共同創作，有人以嚴格的方式砥礪她長大，有人以浪漫的方式給予她資源，有人推她一把，有人拉她一把，跌跌撞撞的最後，終於她來到你的面前，她是許葦晴。

原來人是有力量的，只要我們肯夢。

當我陷在痛苦裡的時候，我不知道我在製造故事；當我跌進衝突裡的時候，我不知道我在學習長大；我不知道的事太多，非得要在十年後的現在，把時空距離都拉開了，才會突然明白，嘿，原來這一切，都是為了實現當初那一句輕輕輕輕的諾言。

我的感動，無法言喻。都在書裡了。

所以談談書吧。

這是一本可以從各種角度閱讀的書。

閱讀劇情，你會讀到曾經與我擦身的那些人們；

閱讀詞曲，你會讀到十年歷程在我身上的流動痕跡；

閱讀照片,你會讀到長冠霖與許翔禎的愛情電影;

閱讀編曲,你會讀到秋達小陶瀚中的真心相挺和我的克難式錄音間;

閱讀網站,你會讀到設計素人許翔禎夜夜煎熬的黑眼圈;

閱讀MV,你會讀到導演蔚爾與天灝的熱情,敏感,天真與浪漫;

閱讀排版,你會讀到我同事阿旺細緻溫柔令人安心的義氣;

閱讀行銷,你會讀到紫綺鄧婷muila的狂想創意;

閱讀封面,你會讀到許翔禎Hughie與王志弘前仆後繼的交瘁心力;

閱讀序,你將讀到在這個階段對我而言意義重大的珍貴友情;

閱讀整本書,你將讀到大塊的精準專業與編輯的悉心包容;

閱讀正在閱讀的人,你將讀到我大受激勵決定繼續努力的決心。

原來,書寫從來就不是我一個人的事。

有人貢獻了一段旋律,有人貢獻了一個靈感,有人貢獻了一句觀點,有人貢獻了聆聽與掌聲,而我,只是不斷活著,愛著,唱著,寫著,把一切一切感動,哼成這首六萬字的歌。

當你打開這本書,我想真心的說謝謝,因為你,遇見你,下個故事才正要開始……

Do 恆溫故事

01 愛的發聲練習　詞/許葦晴 曲/許葦晴 唱/許葦晴

02 買蘋果記　　詞/許葦晴 曲/許葦晴 唱/許葦晴 編曲/許葦晴.錢祐達

03 火車快飛　　詞/許葦晴 編曲/許葦晴 唸/許葦晴

04 我們　　　　詞/許葦晴 曲/許葦晴 唱/許葦晴 編曲/劉瀚中

Re 摩擦生熱的情人

05 體溫　　　　詞/許葦晴 曲/許葦晴 唱/許葦晴 編曲/許葦晴.錢祐達

06 夸父眼淚　　詞/許葦晴 曲/許葦晴 唱/許葦晴 編曲/許葦晴

07 形同遺書　　詞/許葦晴 曲/許葦晴 唱/許葦晴 編曲/錢祐達

08 旋轉犀星　　詞/許葦晴 編曲/許葦晴 唸/許葦晴

Mi 失溫的熱情

09 城門雞蛋高　詞/許葦晴 曲/許葦晴 唱/許葦晴 編曲/劉瀚中

10 森林大戰　　詞/許葦晴 曲/許葦晴 唱/許葦晴 編曲/劉瀚中

11 假惺惺　　　詞/許葦晴 曲/許葦晴 唱/許葦晴 編曲/錢祐達

12 曖昧的姿態　詞/許葦晴 曲/許葦晴 唱/許葦晴 編曲/許葦晴

Fa Sunshine

13 相信愛你得永生　詞/傅紫綺 曲/許葦晴 唱/許葦晴 編曲/許葦晴Simon

14 小幸福　　　詞/許葦晴 曲/許葦晴 唱/許葦晴 編曲/許葦晴錢祐達

15 停了　　　　詞/許葦晴 編曲/許葦晴 念/許葦晴

16 出發　　　　詞/許葦晴 曲/許葦晴 唱/許葦晴 編曲/許葦晴Simon

國家圖書館出版品預行編目資料

愛的發聲練習 / 許葦晴文字.
初版. -- 臺北市：大塊文化, 2006[民95]
　　　面；　公分. -- (catch；119)
ISBN 978-986-7059-35-2(平裝)

857.7　　　　　　　　　　95015296

LOCUS

LOCUS

LOCUS

LOCUS